阳光小旅馆

Sunshine Motel

刘松　著

by Erin Liu

壹嘉出版

旧金山·2018

阳光小旅馆 刘松 著

本书由刘松授权壹嘉出版/1 Plus Books

在中国大陆以外地区独家出版

所有权利保留

书名：**阳光小旅馆**

作者：刘松

出版人：刘雁

装帧设计：壹嘉出版

开本：150×230mm

定价：US$ 15.99

出版：壹嘉出版

网址：http://www.1plusbooks.com

电邮：1plus@1plusbooks.com

美国·旧金山·2018

目　录

附：刘松散文小辑

序

叶 周

　　刘松的纪实文学作品《阳光小旅馆》，让我看到了美国的另一面。即使我已经在这片土地上居住了二十多年，对于她笔下描绘的生活区域还是陌生的。作者在前言中写道："这份小旅馆的工作，一做就是四年，四年来，透过小旅馆的窗口，我看到了美国社会底层的人生百态，小小旅馆里上演的人间悲欢离合，比我过去四十年的人生所见还丰富，使我对人性，　人世有了新一层的领悟，而当初对美国抱有的梦想，也在打工生活中变得清晰，现实。"

　　法国文豪巴尔扎克曾以毕生心血创作了由九十多部独立而又有所联系的小说组成的巨著《人间喜剧》。在作品中淋漓尽致地描绘了19世纪贵族世界的人物和故事，被誉为"资本主义社会的百科全书"。刘松以一个新移民的身份，站在社会底层的一个小旅馆的前台服务大众。也正是从这个视角，她看见了美国底层社会的人间百态，其中既有喜剧，也有悲剧，但即便是喜剧，其中的笑也含着泪，掺杂着苦涩。

I

其实这就是上世纪80-90年代初来自中国的新移民的真实写照。这些真实的故事中描写的人物既有原先的传呼女郎，后来成为白衣护士；也有富翁和死于非命的儿子；既有偷渡香港后来又来到美国的留学生；还有爱上明星伊丽莎白，成天沉湎于梦幻中的台湾老兵。这些人物有一个特点，都是挣扎在命运的低点，有梦难以实现。在人际关系上，自己的亲情和友情或疏离，或缺失。而正是这种并不如意的境遇，使他们的人格弱点面临社会现实的严峻挑战。作者站在平视的角度，充满同情心地看着这批在美利坚土地上挣扎的人群。她的笔传递着人性的温度，她的文字温情叙述着他们的故事。

刘松的作品中有一些作品描述了海外华人生活中常见的尴尬境遇，来自于中国大陆、台湾和香港，历史的原因造成了各地华人间不同的意识形态和政治见解。《两位陈先生》中的天飞大叔和王先生来自不同的地方，秉持着自己的政治见解，见了面也会互相较劲，无情的政治使中华民族的游子相互疏离，但是和平的相处，互相理解和包容，又让大家可以抛弃政治成见成为朋友。还有《王杰-雷锋-陈二》里的华裔青年陈二，特别有趣的是他以中国的英雄为名，一会王杰，一会雷锋，结果原来是FBI的探员，卧底在贩毒集团沉着破案。十多年后，作者再见到他时，他将棒球帽沿轻轻一拉，与三个轻便装束的高大男子离开现场，继续行动在探案过程中。这些故事则在以前的新移民作品中鲜少触及，并且写得细致入微，可见作者有一双善于观察生活的眼睛，虽然站在旅馆的前台，却也是眼观六路，耳听八方。她是一个生活中的有心人，十分善于捕捉看似平常的生活表象下面的不平常。

我曾经和作者探讨过她的纪实写作，我觉得作者从阳光小旅馆起步，之后走向了更广阔的职业道路，离开小旅馆后成了一名充满爱心的老人保健中心的护士，也广泛地参与了各种社区团体的活动，做过洛杉矶民间话剧团的监制，华人作家协会的监事等等，她的人生视野更为开阔，她笔下的人物也应该更加丰富。她完全有潜力把视线从小旅馆的前台，扩展至她浸染其中的更丰富，更具正能量的华人移民社区。在她以后的作品中，她还可以告诉读者许多从小旅馆里走出去，经过学校求学走上专业岗位，或是经过商场历练，成为社会贤达的华人精英的故事。刘松的作品将会提供给读者更多原汁原味的华人移民纪实，这是我所期待的。

叶周，洛杉矶华人作家协会前任会长，洛杉矶公共电视18台资深制作人。编著有"文脉传承的践行者"，被美国国会图书馆和哈佛大学东亚图书馆，以及斯坦福大学东亚图书馆收藏。长篇小说《丁香公寓》，《美国爱情》由上海文艺出版社出版，在国内广受好评。近期在《北京文学》，《中国作家》，《美文》杂志发表了中篇小说《布达佩斯奇遇》，《肤色》等作品。

前　言

　　二十年前，我飞来洛杉矶，在阳关普照的蓝天下，看飞机下面的一片城市，竟然像大海，一眼望不到边。一栋一栋镶嵌在花园里的小房子慢慢清晰，一个又一个游泳池像一面面小镜子，闪闪发光地宣示着生活的惬意。没有参天入云的高楼大厦，没有冒着浓烟的工业厂房，如蛛网一样遍布城市的高速公路上，匆忙地奔跑着像甲壳虫一样川流不息的车辆，提醒着我们这些第一次来到美国的新移民，这是一个生机勃勃的城市，一个和平幸福的城市。

　　我就像是带着一把小伞的蒲公英，随着生活的变幻，飘落到这片新大陆，静静地安放在了一个没有高贵的牡丹，也没有娇艳的玫瑰，却勃勃生机地生长着金色的"天堂鸟"和绿色蒲公英的小角落里，靠着加利福尼亚温暖的阳光，生根发芽，再次生长。在漫长的二十年异国他乡的求生经历中，我的第一份工作：小旅馆前台经理，奠定了我在美国从无到有，顽强求生的坚实基础。

这份小旅馆的工作，一做就是四年，四年来，透过小旅馆的窗口，我看到了美国社会底层的人生百态，小小旅馆里上演的人间悲欢离合，比我过去四十年的人生所见还丰富，使我对人性，人世有了新一层的领悟，而当初对美国抱有的梦想，也在打工生活中变得清晰，现实。

这家小旅馆位于新形成的华人聚居的中心区，叫"加州阳光客栈"。别看名字起得响亮，房间却总共不到二十间，好的客房在楼上，两间楼下的客房因为靠近围墙，中国客人都不大喜欢住楼下，所以，这两个房间常常住的是要求不高的客人。客房下面是各个房间的停车位，我上班的前台接待室，在小旅馆的最前面。

说起来我是前台经理，其实，我只有一个部下：清洁工老陈。上班前，老板林先生一再交代我要管好老陈，一是因为他不懂英文，二是怕他不懂怎么与港台地方的客人相处，冒犯了客人，可是四年来，基本上是老陈领导我。老陈在国内是个大海关的科长，虽不懂英文，却有一肚子机灵劲儿，他来旅馆比我早两年，见识比我多，老陈人又长得白白胖胖，大圆脑袋，说起话来大嗓门，客人才来时，总误认他是老板。另外一个夜班经理皮特是香港来的，皮特在美国生活二十多年，英文很好，在旅馆工作好几年了，他教给我不少美国生活的经验。

十多年前这里还是一片荒草地，现在周围不仅有几家大型的华人超市和各种不同风味的华人餐馆，还有以华人为主的医疗诊所、银行、华人百货公司、书店、花店、理发店、甚至热闹的夜总会，因此，这家小旅馆颇受华人的青睐，当地很多华人都愿意把自己远来的亲朋好友安排在这里，以求吃饭、采购方便，一些长期当空中飞人的大陆、台湾和香港的生意人，也喜欢在这里落脚。当然了，因为价格低廉，一些妓女、吸毒者、毒贩也常来这里落脚。

只受了一天的培训，老板要求我单独上班了。上班头两天，一切顺利，老板决意录用我。第三天，带我实习的经理不再陪我了，我自己一个人在空荡荡，静悄悄的接待室里查看帐簿，熟悉房间号码。

　　这一天，我正在查对房间号码与客人进出的情况，突然匆匆进来一个二十多岁的年轻人，用口音很重的越南腔英语跟我说话，但是，他说什么，我听不懂，只是从个别单词里得知，他要借用我办公室的总机电话跟他的朋友通话。老板特地交代过，总机的电话不能外借，我只好说"sorry"，看我一脸的懵懂，他知道再说多少都是白费功夫，转身跑到门外用公用电话打到总机来，要求转接楼下101房间，我这才明白，他的朋友就住在我们旅馆里，于是，赶快转接了电话。

　　只听他在公共电话亭里大声跟他的朋友说着什么，说话声音越来越大，到后来，他对着电话喊叫，最后，他摔掉话筒，冲进我的办公室，要我帮他打开101号房间的门。我见他满头汗水顺着发梢往下滴，心里觉得惊恐，急急忙忙找到101号房间的钥匙，正要随他去开门，突然想起，这房间不是用他的名字登记，我无权为他打开客人的房间啊。

　　他看我止住脚步，越南腔的英语越发说的快了，我只好用简单的英语对他说，"不是你登记的房间，没有主人的许可，我不能够给你打开房间门。"

　　可是，看他十万火急的样子，我也慌起来，往101号房间拨电话，想问问住房的客人能否开门见见他来访的朋友，电话响了十几遍，没有人接电话，年轻人见我一脸茫然，急匆匆又往公共电话亭跑。无奈中，我打电话给在楼上做清洁的老陈，问他101号住的是什么人？老陈说住的是一个越南仔，吸毒的，几天了，把房间弄得一团糟，昨天还关了门不让清洁房间。老陈叮嘱我，今后千万别卖房间给这帮吸毒的越南仔。

我正一头雾水地听老陈的教训，突然觉得大门外闪着异样的红灯，而且越来越多，一抬头，看见旅馆门口停了几辆闪着红蓝灯的警车。出了什么事？我正纳闷，一个高大的白人男子，身穿白衬衣，握着一把手枪踏进旅馆的接待室大门，大声对我说话。我吓得大叫一声，不知遇到什么情况，一边向后退，一边向他摆着手说No！No！白衬衣先生被我的叫声吓了一跳，赶快退到门外，把手枪垂下，然后很有礼貌地，用纯正的美国音英语对我说，我是警察，需要你的帮助，你可以把房间专用钥匙借给我用一下吗？边说边亮出了他的警官牌，这时，我才恢复了正常的听力，听明白了他的意思，赶快找出专用钥匙，走出柜台交给等在门口的白衬衣警察，白衬衣警察放慢语速，很清晰地问我，刚才接到电话，这里的101房间里可能有客人出了危险，我是否知道？然后说，他需要我的配合，去查看这个房间。

　　白衬衣警察和善的脸和缓慢的语速减轻了我的惊恐，我点头随他走到大门口。

　　门外停着三辆警车，那个刚才打电话的年轻人正带着几个人高马大，全副武装的警察，快步向院子后面的101号房间走去。

　　101房间出大事了，是死了人，还是有人被抢劫？

　　我脑子里一片混乱，怀疑自己是不是落到匪窝了？

　　我不敢想，紧紧跟在便衣警官的身后，到了停车场的末尾，白衬衣警官示意我站在一个砖墙拐角后，只见几个警察分散在101号房间两侧，白衬衣警官和那位年轻人开始用钥匙开门，打不开，再用力撞门，门被撞开了，两人冲了进去，很快，白衬衣警官又出现在门口，招手呼叫同事，几个警察早已经带着担架车等在一旁，只听一声招呼，推着担架车进了房，几分钟后推出一个人来，瘦削的身体被牢牢绑在担架上。这是一个二十多岁的亚裔年轻人。他脸色灰白，双眼紧闭，救护车这时也赶到，一群人迅速将失去知觉的年轻人抬到车上，顿时，载着昏迷者的救护车警笛响起，警灯闪耀，三辆警车紧随它迅速离去。

旅馆老板林先生不知什么时候也来了，他等警察走后，跑到后院的101房间查看一阵，脸色铁青地回到办公室，找出101房间的客人登记卡，神情严肃的质问我，"是你收的这个客人吗？"

"不知道。"我还没有回过神来。

"这是你的笔迹嘛，怎么不知道。"

看了看登记卡，我回忆起当时的情况，"噢，是前天，我第一天上班时收的，但我不知道他是吸毒的人啊。"林先生气急败坏地把登记卡往柜台上一拍："你不清楚就乱收，你去看看房间被破坏成什么样子？床被拆了，桌子也拆了，连墙上的画也拆了，你收的这点房钱还不够修理费。"

"林先生，我第一天上班，不太熟悉情况，我真的不知道他是这种烂客人。"

"你懂不懂怎么打工！房间的损失你要赔。这三天你就算是培训吧，工钱不要领了。"

本来已惊恐到极点的我，被老板一顿训斥，沮丧到了极点，我低着头说："我只培训了一天，真的不知道该怎么做。"

"这工作太可怕了，我不想做了。"

张牙舞爪的老板一下子安静下来，换了一副面孔，说："我没说什么嘛，只是教你今后注意点儿，汽车旅馆嘛，就是这样。"

"我害怕，这个地方怎么是这样？"我说话的声音这时已带着哆嗦，"他们会不会找我算账？我害怕，我不想和这种人打交道，我不做了。"我自言自语地给自己下决心，走到柜台后面，找自己的提包，打算走人。

林先生本来铁青的脸这时露出了笑容，他挡住门口："这些吸毒的，只会破坏房间，不会伤人，他今天是吸过了量，昏过去了，又不认得你，不会再来找你麻烦的，你以后多留意点，就能认出这些人，不收他们就是了。"

站在旁边的清洁工老陈，这时也走过来安慰我："别怕，别怕，时间长了，你就能认出他们，我会帮你推托这些人。今天这家伙是吸毒过量，在房间里发狂了，警察带他去强制戒毒一段时间，他不敢再来这里了，他还怕你举报他呢。"

老陈在这里已做了三年，很有些经验，听他一番安慰，我才慢慢松弛下来。

我随经验丰富的清洁工老陈去查看101号房间，一进门就闻到一股呛鼻的怪味，老陈说，这是烟毒味。再看看房间，一片狼藉，床和桌子被拆得支离破碎，窗帘也被撕得七零八落，像是疯狗打了架的现场。那位年轻人知道自己的朋友吸毒过量，处于危险边缘，苦于进不了门，只好求救于警察，警察的行动也很快，前后不过十几分钟，就把事情处理得干净利落，一点也没有惊动旅馆内的其他客人。

没有想到，我来美国后的第一份正式工作，竟跟警察和吸毒者撞了一个满怀。就这样，我在这个被阳光遗忘的角落里，开始了在美国的扎根生活。

小南姑娘

我在旅馆工作大约一年了。

一天，住进一位中国来的女客人，听口音是南方人，刚下东航飞机。她身材娇小，穿一件当年流行的浅蓝色碎花纱裙，脸上戴一副大墨镜，上街时打一把花阳伞，在街上娉娉婷婷地走着，就像一只娇艳的小花朵。洛杉矶号称阳光之都，三百六十天里有三百天阳光灿烂，美国人都坦然地接受阳光的厚爱，从来不用遮阳伞，所以，大街上看到这么一个撑着阳伞的漂亮女孩，就知道她是刚从国外来到加州。

第一天，这位撑阳伞的女客人高高兴兴地去逛了超市和商场。

第二天，她向我询问什么地方可以买到日常生活用品，大约是因为尊重，她称我为雪莉阿姨。

第三天，她向我打听找工作的事。

三天里，没有一个朋友来看望她，也没有一个电话找她，她的眼神里开始出现落寞和无助。她下楼来到我的柜台，慢慢与我聊天。她姓南，出国前在重庆一家杂志社里当编辑。因为恋爱八年的男友提出要分手，她痛不欲生，跳楼自杀，没有成功，却摔破了头，想来想去只有离开这个伤心地，才能平复心中的哀怨。亲友们为她凑了八万元，已经分手的男朋友自觉对不起她，也给了她五万元，她满怀希望地飞来了美国。

她说她不怕苦，想在美国留下来，问我美国怎么样？我说美国是个说英语的国家，要在这里谋生，不懂英语很难找到一份好工作，没有合法居留身份，更难有机会。她说自己买了一个英文字典，可以自学英语，她认为在美国这样的环境里，学英语应该容易些，可是言谈中我发现她连"Made in China"（中国制造）都听不懂。不懂英文，没有亲戚朋友帮忙打点，没有强壮的体力，怎么找工作，怎么面对严酷的现实，我有点为她着急。

我问，你有什么特长？我想知道她适合找什么样的工作。

我喜欢音乐和读书。—— 糟了，这个女孩还不知道自己面临着什么样的困难。

你会做菜吗？不会。

带孩子呢？没带过。

不要紧，我刚来的时候也不会，做做就会了。我安慰她。

我就是身体不太好，常常失眠。女孩很诚实地向我诉说自己身体的不适。

干干体力活，失眠就会好的，别怕，你还年轻。我鼓励她。

小南开始每天按照报纸上的广告，到职业介绍所找工作，但每次都很沮丧地回来。

一周很快过去，小南的租房期快到了，但工作仍无着落。她长得太娇小文弱，雇主都担心她的身体有病。她却毫无防备地告诉别人，自己身体不好，常会失眠。这样一来，她总是失去很多机会，我看在眼里，急在心里。

一天有朋友来电话，说一位四川籍的衣厂老板想找个会做川菜的保姆，这家衣厂就在旅馆附近，我赶紧安排小南去找老板娘面谈。

临行前，我千叮咛万嘱咐，小南，你一定要说自己会做川菜，你是四川人嘛，千万别说自己身体不好，个子小是因为父母遗传，等熟悉点了，有了钱，你就去成人学校学英文，奋斗几年，英语好了，买辆车，就可以找个好点的工作。慢慢地会熬出头的。

小南去了衣厂，半个钟头就回来了，说老板娘叫她在厂里先干一周的活，每小时只给三元美金，太欺负人了，她不想干。我心里大呼，糟了，这姑娘还不知道这也许是老板娘想试一试看，她是否干活麻利，是否能吃苦，而且这里培训的工资就是这么点儿，老板娘的工厂因为地处山谷大道，交通方便，新来美国的人就近去求职的很多，能给培训的机会可能还是看在小南是四川老乡的份上，只要表现勤快利落，就有留用的机会，还犹豫什么呢？我催促她快回去告诉老板娘，说愿意做这份工作。我也急忙打电话过去，说这姑娘如何会做川菜，特别爱干净，又勤快，如果合适，将来可以留下做家庭工，你不是到处在找会做川菜的家庭工吗。老板娘说好，明天就开始上班试工。

第二天小南去上班，下午下班回来，告诉我说工厂灰尘太多，气味太重，受不了。第三天，小南说工头欺负人，尽让她干重活脏活，不想干了。可是，这时的她已经不能继续负担旅馆的住宿费了。

小南告诉我，她出国是找中介办的，因为她不懂英文，走留学这条路不可能，做访问学者，她级别不够，也不行，工作外派，更轮不到她，探亲，她没有海外关系，所以她只能找蛇客办理出国手续。当时的行情，办一个人到美国来至少十万到十二万人民币。等她飞到美国后，口袋里已是所剩无几了。在国内时，听别人说，在美国，随便找一个工作都能每月挣三千，相当于人民币两万多，来到美国后，才知道自己的条件只能做保姆，工钱也不过一千美金。三千美金肯定是被人讹传了，拼命挣下一千美金，折和成人民币比一万还差很多。小南说到这里，眉头拧成一团，双手轻轻地拍打着柜台面。

我在小旅馆工作了这一段时间，看过了不少像她一样盲目出国的人，可是，像小南这样既不了解美国，也没有强壮的身体和特殊的技能，就一头栽进来的人，还是很少。

我赶快找了一家靠近衣厂的家庭旅馆，给她订了床位，然后叫那家旅馆的老板娘来接她过去。临走，我对小南说，再坚持几天，等正式上班了，挣到了日常生活费，再找附近的成人学校去学英文，你年轻，学习很快的。

小南眼含泪水离开了小旅馆。

隔了一天，小南来了，告诉我，她又重新找工作了，衣厂太累，实在难以坚持。看着她瘦瘦的小脸，我趁着空闲时间，往几家职业介绍所打电话，给她报名，约面谈时间。

接下来一周，小南没有露面，只打来一个电话，说到别人家里看孩子去了。三个孩子，最小的不满周岁。我想，小南又要吃苦了。果然，不到半个月辞工了，她说三个孩子吵得她头都大了，完全无法休息，只好辞工，现在找到照顾两个孩子的工作，少了一个孩子，生活应该有规律些了。

一个月后，小南上工经过我的旅馆，进门来看我。她的眼睛已失去了刚下飞机时的光彩。她说照顾小孩子的工作太需要责任心了，时间长了她实在受不了，听说外州的工资高，工作机会多些，她准备到外州去。

雪莉阿姨，你说美国好吗？在国内时不知有这么难！小南悲哀地问我。

美国是个很好的地方啊，只要努力，还是可以熬出头的。

我借了那么多的钱，如果不挣钱还给家里人，怎么有脸回去啊，十多万呢！说着她低下了头。她的睫毛长长的，皮肤白白的，瘦瘦的小脸上五官精致可爱，给人的感觉是个未经世事的单纯女学生。

小南，你为了气气那个负心的男朋友，把自己流放到美国来，真是难为你了。咬咬牙，挣点钱，把债还了，然后到美国的几个旅游胜地玩玩，只当是出来换换空气，再回中国，仍然干你的文字工作，你有学历，有经验，还是有好前途的！

小南轻轻地点点頭：唉，都说美国是天堂，没想到真实的美国却是这样。

门外骄阳似火，从门口涌进一股股热浪。因为怕把客人关在门外，所以不管酷暑寒冬，我们这办公室的门永远是敞开著的。

我倒了一杯冰水给小南，小南抿了一口凉凉的冰水，望着门外骄阳烤白的水门汀，半晌，眼圈泛起一层泪光，转头对我说，雪莉阿姨，我在这里没有亲人，也没有朋友，你就是我的朋友，有什么事情我就来找你，好吗？

面对小南这个小女生，我隐隐为她担心，不知该怎样才能够帮到她："小南，有事尽管来找我，到外州后給我打电话，不要灰心，既然来了，总要慢慢适应，有一个过程的。"。

小南郁郁寡欢地走了，以后很久都没有她的消息，我以为她已去了外州。三个月后的一天，她曾经住过的那个家庭旅馆的老板娘，开车来我这里接送客人，我问起小南，老板娘翻着眼睛望天想了想，说，噢！那个小女生啊？戴上BP机，走啦！

我问，什么意思？

什么意思？听传呼了嘛！

传呼小姐？ 我睁大眼看着老板娘，老板娘模棱两可地晃晃头，一副见怪不怪的样子，一踩油门走了。

我愣在那里半饷说不出话来，抬头看看门外的骄阳，一片炫目的白光，挟着滚滚热浪向有冷气的办公室扑来。我走上前去，砰的一声关上了门，不知怎的，一串眼泪扑簌簌落在衣衫上。

难道这个怀揣著美国梦来到阳光灿烂的洛杉矶，还没有跨进主流社区的女孩，竟这么快就在华人社区里陷落了？希望她不是真的当了传呼女郎，只是去了远方的外州，找到了合适她的工作。

从传呼女郎到白衣护士

不久，我离开了阳光小旅馆，在一间老人保健中心做护士工作。

十年以后的一天，老板带来一位小个子的姑娘，说这是新来的助理护士。

咦，这个小护士怎么看着那么眼熟啊，正思量着，她跳起来拉住我的手说："雪莉姐，你不认识我啦？"她一开口说话，我记起来了，她是小南！十年前，在阳光小旅馆，她为了赌气男朋友的变心，没有资金，没有朋友，独自飞到美国，想寻找新的幸福，没想到迎接她的是没有钱，没有一技之长，不懂英文，为了生存，只好沦为传呼女郎的结果。

可是，公司老板介绍，她是助理护士凯蒂。

凯蒂——小南，护士——应招女，这十年的变化，真是天差地别啊。

整整一天，我都忙着教给凯蒂需要熟悉的工作。凯蒂做事眼明手快，完全不像最初在小旅馆肩不能挑，手不能提的娇滴滴的模样。下班后，我请小南去了一家餐馆，一边吃，一边聊起往事。

离开阳光小旅馆后，小南住到了家庭旅馆里，不过一个月，就囊中空空。家庭旅馆的老板娘看小南两眼一抹黑的难受样儿，就劝小南做应招女，下海接客。小南不肯，老板娘就催她交房租，同旅馆住的两个自称在餐馆做厨师，其实是洗碗工的男人，几次暗示小南，只要小南愿意做他们的女朋友，他们就给小南交房租，带餐馆的饭菜回来给小南吃。小南无法接受这样的生活。老板娘在一旁反复教育小南："你都这样了，还讲究什么爱情！交男朋友，也得交能帮得上你的人呀，你这样拖下去，还不是让那两个打杂的人捡个便宜？你想想，靠这些住在家庭旅馆的洗碗工，你几时能够活出个人样儿！信我的，小妹妹，在美国，就你这个条件，没有钱，不懂英文，你又那么瘦弱，再有美好理想都实不现。爱情，我呸，没有吃的，还讲什么爱情，那是富人的游戏！"

小南的肚子饿得咕咕叫，每天都吃超市买回来的便宜鸡腿肉，吃得小南想吐。喝自来水管里的生水，能够撑几天啊，加上两个自称是厨师的洗碗工虎视眈眈，等着她饿得实在熬不住时，就会饿虎扑食的争抢她这块肥肉，小南只好点头，带上了老板娘给她送来的传呼机，等待接客，自己找钱养活自己。

听到这里，我心里难受，忍不住的泪珠在眼眶里泛起。

我轻轻拉住小南的手："小南，我不知道你竟那么难，如果那时我帮你找到一个好一点的工作，你也不至于走这一条路啊。你的那个老板娘来我们小旅馆拉客人时，告诉我，你带上传呼机走了，我还满心希望你是去外州打工了。"

小南也眼含晶莹的泪花，"雪莉姐，我来美国，认识的第一个人就是你，也是你，我才告诉你实话，要是被我的家人知道了，还不把我骂死了。"

那个家庭旅馆的老板娘来小旅馆时，常常来我柜台找我聊天，她想要我介绍客人给她，比如拉客人去机场啊，客人外出买东西啊，客人去旅游点玩啊，她给我回扣介绍费。但是我这里有很多司机来询问送客的生意，所以，竞争也蛮激烈呢，老板娘很知道这一点，就常常站在我的柜台前聊天，还真被她等到许多接送客人去机场，去购物的机会，我也从她那里知道了许多以前想都无法想象的故事。

老板娘告诉我，她有一个客人叫南希，从沈阳来的，都四十多岁了，在国内时还生了一个孩子，人家就是想得开，一来就带上传呼机了，一天接五个客人，五百块呀，睡个觉就轻松到手了，这样的生意，你说到哪里去寻啊。

我问小南，知道这个南希吗。

"哦，我知道一个南希，是不是长得一双长腿，高个子，喜欢穿豹纹的紧身裤？"小南问道。

"是啊，有一个大长腿的高个子姑娘，常常来我们小旅馆，走路飞快，来去匆匆，有时经过我的办公室门口时，会点点头，挥挥手，很友好地打招呼。"那时我还在想，这个女生是不是就是家庭旅馆老板娘提起的那个南希。清洁工老陈也告诉我，这个传呼女的生意很好，约的都是一些有钱佬，小费也给得好，所以老陈总是特别照顾她，只要一看是她来了，一定及时换上新毛巾，将房间里喷一下空气清洁剂。

老陈说，这些传呼女都怪可怜的，以前都是良家妇女呀，没有办法才走的这条路，谁不想留在美国，谁不想把一家人接到美国来呀。

小南点点头说，"就是她，后来在老板娘那儿，我见过她。"

然后告诉我，"那个老板娘每次一提起南希，就叹息自己没有长一副好面孔，说南希天生一副好身材好面孔，靠这个天然条件挣到了钱，实现了美国梦。"

我想起了那个老板娘的模样，是不太好看，鼻子像是被马蹄踩了一下。但是她精明能干，对这些特殊的客人，她既是皮条客，又是送她们找地下医生看性病的司机，虽然两头收费通吃，但是传呼女们仍然叫她"姐"，没有她，就没有那么多客人，就找不到收费便宜的无照医生啊。

"南希开始说，她半年就可以买宝马车，后来说，她的目标是挣到二十万，回国开自己的小商店，当一个真的老板。有了钱，她就可以送孩子出来留学。再后来……"

小南声音低下来，我看了看左右邻座的食客，都隔着火车座，听不清我们的说话声，便低声问，"再后来，南希怎么样了？"

"再后来，她发现自己得了性病，总也治不好，该找的医生都找过了，连医生也没有办法。最后，她破罐子破摔，死心塌地做到底，不再提回国的计划。"小南慢慢说道。

"后来呢？"

"死了。"小南的声音更低了。

"什么病？"我也低声问，虽然我们的座位很隐秘，旁人听不到我们说话，但是，还是本能地压低嗓门。

"谁知道呢，她死之前，已经断断续续的给家里寄回好几万美金，她让丈夫好好培养儿子，让儿子长大了来美国留学，告诉儿子这些钱是妈妈在美国辛苦打工挣的钱，她特地嘱咐丈夫，这笔钱一定要花在儿子的身上。"小南低声回答。

"她丈夫知道她做什么生意吗？"

"可能不知道。那几年，国内的人都觉得出国的人挣钱容易。南希多聪明的人，一定说自己找到一份好工作。"小南苦笑着摇摇头。

我想起自己的一个远房亲戚，打听到我在美国的电话后，在电话费还很贵的时候，特地给我打来越洋电话，说他想来美国找工作，要我帮助他办到美国来。我问他，来美国做什么工作合适，他说，他的一个朋友来美国，送外卖都挣一万多块美金一个月，他的身体好，年轻，不会比他的朋友差。我婉转地告诉他，送外卖挣不到那么多的钱，如果不懂英文，没有美国的学历，外来的新移民生活是很困难的，劝他还是留在国内发展吧，结果他把我大骂一通，说我不通人情不肯帮亲戚的忙，我真是有口难辩。

我们已经坐了两个小时，窗外天色已经完全黑下来了，我和小南道了晚安，各自回家。

第二天，小南为了熟悉工作，一直赶写繁多的图表和记录，收拾病人休息过的病床，我们没有相约接着聊她的经历，但是，看她处理病人的麻利劲儿，与病人谈话笑容可掬的亲切模样儿，与当初在阳光小旅馆里愁容满面，娇滴滴，病兮兮的可怜人样儿，真是换了一个人。老年病人们都对这个新来的小姑娘特别喜欢，说她"嘴巴甜"。我也欣喜地看着这个失而复得的小老乡的巨大变化，心里暗暗地为她喝彩。

一个星期后的周末，我约她来家里包饺子，她提着一兜新鲜水果来了。我把先生支使出去修车，这样，我和小南说话就没有了顾忌。

小南告诉我，她因为瘦弱矮小，连接客的机会都没有。后来，老板娘看她实在找不到机会，就介绍她去别人家里帮工，名义上是家庭工，实际上是到一个孤老头家里既做工，又陪睡，每月工钱二千美金，如果会开车，就多五百元。这个价钱对于走投无路的小南，简直就是救星，小南把心一横，走进了那个老头的家里。

"你没有受虐待吧？"我在小旅馆做久了，听到家庭旅馆的那位老板娘给我讲过的一些变态老头虐待传呼女的事儿。

小南低下头，难过的流下眼泪，"我下这个决心时真恨自己，恨那个负心的男朋友，如果不是他变心，我也不会落到这个地步。如果我不是一时糊涂，也不会一气之下跑到美国来。"

是啊，都觉得美国好，可是，也不是遍地黄金随你捡啊。

"老板娘告诉我，我的主人姓杨，让我称呼他杨先生。老头第一眼看到我时，吃了一惊，说，老板娘怎么给他介绍一个孙女来。他问我会不会用微波炉，会不会用吸尘器，会不会做饭时，我又委屈又害怕，忍不住哭起来，恨不得有个地洞钻进去。"

我也陪着她流泪。

想想啊，一个花样的年轻女孩子，在国内有着令人羡慕的编辑工作，现在竟沦落到在异国他乡，靠出卖身体，出卖劳力求生，如果不是亲眼所见，谁能够相信呢。

"我那时真想一跑了事，可是，往哪里跑啊？"

家庭旅馆已经欠了一笔钱，回不去的。找朋友，没有朋友啊，即使有，一天两天还可以借住，时间长了也不行啊，这时就是有个火坑，只要能够生存，她也是非跳不可了。

小南不停地悄悄擦去脸上的泪水，在老头的指点下，找出冰箱里的蔬菜和肉，取出食物柜子里的大米，闷声不响地把晚饭做好了，把地毯吸了尘，伺候老头吃了晚饭，再遵从老板娘的嘱咐，洗了澡，脱去所有的外衣，把自己包在一件大睡衣里，走进老头的卧房。老头看她像孩子一样的身躯在睡袍里瑟瑟发抖，皱起了眉头，思量一会儿，让她坐下，开始询问她是如何来美国的，来美国想做什么。

小南以前说了太多实话都被雇主退回，现在吞吞吐吐，说自己读书没有钱了，只好找个工作解决吃饭住宿的问题。谈话中，慢慢见老头并无恶意，反而眼里充满同情，就竹筒倒豆子，把自己来美国的前前后后都说了出来。老头听了小南的叙述，半天没吱声。过了一会儿，才对小南挥挥手，说，你去客房睡觉吧，我今天也想早点睡觉。

第二天一早，小南起来做完早餐，正要去叫醒老头，却看到老头从门外进来，原来，他比小南起得更早，出门走路去了。

吃完早餐，老头叫小南坐下，郑重其事地对小南说，"我看到你，想起了抗战时，我的女儿在逃难到重庆的路上，遇到日本敌机轰炸，和全家人走散了，她那时就像你这么小的个子。半个多世纪了，我四处找她，找不到。也不知道她是死是活。"

老头顿了一顿，叹了一口气，"我希望她遇到好心人，不要过得太难。后来，我们全家去了台湾，再也打听不到她的消息。你是从重庆来的，让我想起走失的女儿。我想帮帮你。这样吧，你就住在我这里，给我做饭，打扫屋子，我不要你陪我睡觉，我只要你陪着我。你明白吗？"

老头欠下身子，注视着小南的眼睛说，"我太太因为女儿走失，对我永不原谅，那时我在前线打仗，顾不了她们，也没有及时去想办法找女儿，太太因此落下一腔怨恨，等到老了，再也不愿和我住在一起，所以，退休以后，我们来到美国，我给她买了一处大房子，我住在这个小的老人村房子里。"

小南听老头这么一说，眼泪又哗哗流下来。

老头看着小南哭得满脸是泪花的脸，直起腰身，继续说："这样吧，我先借给你一笔钱，你去找律师把身份搞定，这样你就可以合法住在美国。我的钱也不多，给你五百块钱一个月。以后你抓紧时间学好英文，争取考一个什么执照，出去好好找一份工作，找个老实人嫁了，别再让那个家庭旅馆的老板娘控制你了，你同意吗？"

小南听了直点头。顿了一会儿，老头接着说："你要学会开车，我出去时，你给我开车。你如果可以开车了，我给你涨工钱。"

小南听完，差一点给老头跪下磕头，昨天还以为来到这里就是跳进火坑，没想到现在却是绝处逢生。

至此，小南就在杨老先生家里安心住下了。

小南拿着老先生借给她的美金，找到了移民律师，半年后，得到了合法居住美国的身份，很快又通过了驾驶执照考试，可以驾驶杨老先生的那一辆旧车了，这样，杨老先生又给她增加了两百块钱的工钱。一年以后，小南还清了杨老先生借给她的办身份的钱，开始为自己的前途计划。

在这一年的时间里，小南每周花三天晚上的时间去社区的成人学校上免费的英文课，开始慢慢捡回大学里学过的英文。

第二年，小南还完杨老先生的钱以后，在他的同意下，又找到两份临时工作，是帮这个老人村居住的孤独老人做饭的活儿，这两位孤独老人也是杨老先生的朋友，常常与杨老先生结伴出去吃饭，小南就是他们的司机。小南的生活开始有了盼头。

这时，我的先生修完车回来了，我们一起吃了一顿美味的饺子晚餐，送走了小南。

先生听完了小南的奇遇，觉得这个老杨先生的善良有点不可信，他说，也许小南不想将自己难于启齿的事讲给别人听，就编了一个好心人的故事。

谁知道呢？先生来美国比我早一些，对在美华人的生存情况知道得比我多，他的猜测也许有道理，可是，我宁愿相信小南的话。不管怎样，小南现在走上了一条有希望，有生趣的道路，比起南希，她走了一条阳光之路。

小南在老杨先生家里，看到一些老人村的老人生病后，家里常常来一些护理的护士；这些护士，很多都是来美国以后学习的护理专业，有了护理的证书，她们就可以找到更好的工作，也有了医疗保险。小南因此加紧了学习英文的步伐。在成人学校里，小南问到了助理护士专业课程是免费的，便赶紧去参加入学考试，结果，被专业名词卡住了，而且听力不过关。小南很沮丧，回想自己来美国已经是第三个年头，还在干着最少工钱的活儿，这样的日子何时是个头啊。每天晚上，关在自己的小屋子里时，是小南学习英文的时间，为了记住新单词，她把欺骗过她，欺负过她的人的名字写在一张纸上，贴在墙上当做靶子，拿起练习眼力的飞镖，向靶子扔去，扔一个飞镖，背一个新单词，这个办法帮助她记住了在新课程中不断涌现的英文新单词，终于，小南顺利考入了免费的成人学校护理班。半年后，她考取了助理护士的证书，开始了寻找护理工作的路程。

开始，她在华人区的医生办公大楼里一间诊所一间诊所地送去自己的简历。诊所要求她会说广东话，因为来诊所看病的许多老华人说广东话。这可难住了小南，除了国语，四川话，她可以勉强说的是英文，英文还没有熟练掌握，又被要求说广东话，广东话对于小南，比英文还难懂。有的诊所还问她会不会越南话，潮州话，小南暗自思量，假如我会那么多语种，可以回国当外语教师了，在这里却是找饭碗的必要条件，哎，真难啊。小南的老师知道了她找工作的辛苦后，介绍她去市中心区的一间犹太人开办的康复医院试一试，没想到，在那个非华人区里，小南找到了她在美国的第一份正式工作。

原来，康复医院里有一位中国老太太生病了，不想吃饭，也不懂英文，医生来了也无法与她沟通，小南这个懂中文的护士助理刚好来求职，马上被带去做老太太与医生的翻译。还好，老太太的问题不复杂，小南的翻译帮助了医生和老太太的沟通，医生立刻做出了判断，为老太太开了药方。养老院当即决定录取小南，护士长也决定，让小南做这位华人老太太的白天护理护士。从此，小南结束了在华人区求职需要几种语言的艰难求职经历，在华人居住很少的Downtown开始了她的护理职业。

在养老院，小南体验了助理护士工作的艰辛。她每天需要护理的病人最少的时候是七个，最多的时候是十三个。十三个啊！从早上起床，梳头洗脸换尿片换干净衣服，到推送病人去餐厅等待吃饭，每个病人平均花去十分钟，到最后一个病人推进餐厅时，前面的病人已经吃完饭了。偶尔伸出援手帮助小南的其它护士不可能每天都帮助小南，渐渐地，小南体力弱，动作慢就成了护士长呵斥她的缘由。小南每天累得连喘口气上厕所的时间都没有，中午饭后，老护士们都躲在空病床的帐幔后休息时，小南还在忙着给尿了床的病人重新换床单和弄脏的睡衣。

小南在工作人员的午餐室里热自己带来的午餐时，曾经把自己便当里的饺子和四川凉面送给一个啧啧称赞好香的黑人护士吃，那位黑人护士因此常常关心小南。她实在看不过去小南的辛苦，就教小南，"你要叉着腰，去质问护士长，为什么分配那么多难办的病人给你。这些重病人以前都是大家平摊的，现在全压在你的头上，你要凶一点，去问，不害怕，我陪着你。不然她们会一直欺负你。"小南这才知道，自己的辛苦是人为的。

实在是累得不行了，小南果真鼓起勇气，去问那位菲律宾裔的护士长，为什么别人的重病人不超过五个，她的却每天多过七个，护士长一看小南懂医院的护理规则，支支吾吾的说，是因为有人请假，临时加给大家的，不是只有小南一个人重病人多，那位抱不平的黑人护士马上说，请假的那位护士只留了两个重病人，可是小南却比一般人多出三个重病人，这不公平。菲律宾裔的护士长一看小南不仅有帮手，而且还是这个人高马大，最能干的资深黑人女护士，马上软了下来，说，她会查一下，明天给小南答复。第二天，小南的病人从十三个减少到了七个，重病人也减少了。小南对那位拔刀相助的黑人女护士感激不尽，从此觉得与黑人打交道其实只要真诚，也是可以交到好朋友。

在小南护理的重病人中，有一位因肺脓疡而做了气管切开的姓金的韩国老先生，身体虚弱，胸前铺着一大块纱布，纱布上布满了从切开的气管口喷出来的痰液。小南第一次接手护理这位重病人时，他胸前的痰液已经积累了几层，并且结痂了，在干净的病房里竟然有一只苍蝇在他床边飞来飞去，病房里飘荡着痰液的脓臭味。小南带上口罩用生理盐水反复浸润了几次，才将老先生胸前厚厚的几层纱布揭下来，她又细心将插在老先生脖子前的金属呼吸管清洗干净。金老先生看着小南围着他的床头转来转去寻找最好的角度，既不弄痛病人，又把粘得紧紧的纱布揭下来，他的眼神透出感激，几次想说话，都只是一股气体带着新的浓痰冲出金属气管口。自从切开气管，他已经无法说话了。小南忙不迭地又换下新的纱布，重新固定金属呼吸管。现在，小南知道了为什么金老先生的胸前有那么厚的陈旧肮脏的纱布堆积着没有清除。小南想起护理学校教过的课程，凡是肺部疾患的病人，排除肺部和气管里的痰液第一重要，就告诉金老先生，配合她的动作，左右翻身咳痰，小南还用手在他的后背轻轻拍打，帮助痰液排出，这一下，金老先生咳出了许多积蓄在肺部和支气管内的痰液，小南终于可以迅速清理金老先生胸前的这个烂摊子了。等到一切清理完毕，金老先生示意小南递过床头柜上的小纸簿和圆珠笔，写了一句英文"Are you Chinese?"小南赶紧点点头。金老先生写道，"辛苦你了，姑娘。"是中文字！而且笔锋稳重苍劲，带有毛笔字的功力。小南惊喜地问，"您是中国人！"金老先生慢慢摇头，写道，"我是韩国人。"护士长在走廊里呼唤小南，"你照顾的病人需要换尿片了！"小南吩咐金老先生尽量翻身咳出痰液，她会及时来清理，就赶去照顾其它病人了。

从此，小南开始了对这位重病人特殊的照顾。按规定，她只需每天换一次纱布就算完成工作，但是，如果按照以前小南看到的那种敷衍护理，金老先生的病情会很快恶化。小南自己抽时间，每天给金老先生换两次纱布，并且帮助金老先生翻身咳痰。慢慢地，金老先生金属气管排出的痰液颜色开始变淡，臭味也减轻，他的脸色渐渐不那么苍白无力。小南与金老先生之间开始了笔谈，当然，是小南一边做事一边说中文，而金老先生写中文。

原来，这位金老先生年轻时在中国的北京大学读过书，抗日战争时期，金老先生中断学业，参加了中国东北长白山的抗日联军，在著名的抗日将领杨靖宇的手下参战。

小南没想到在美国的一间老人院里遇到了一个抗日老战士，于是好奇地追问，杨靖宇长得什么样儿，还有当时在长白山抗日联军里有一个非常著名的女战士，赵一曼，被日本军抓住后，杀害得很残忍，金老先生是否认识？

金老先生写道，杨靖宇将军是一个非常坚强，非常有魅力的将领，他在东北抗战，为中国的抗日战争贡献了很多力量。可惜他牺牲在一次战斗中。赵一曼，这个名字没有听说过，但是，在那么残酷的战争时期，被日本人抓住，死得都很悲惨。战争是非常残酷的，你死我活啊。金老先生在纸上重重的写下这一行字。

抗战结束以后，金老先生回到了北朝鲜，很快，他又回到了家乡南朝鲜，并且从事外交工作。小南纳闷，在中国读了北京大学，在长白山跟随杨靖宇将军抗战打游击，杨靖宇将军与北朝鲜的金日成是战友也是好朋友，抗战结束后，金老先生没有到北朝鲜的政府继续任职，却成了南朝鲜的外交官，这个转换小南想不太明白，又不好意思问得太详细。

一天，金老先生的儿子儿媳带着孙子来看望金老先生，小南远远地看到他们与医生交谈。看他们的穿着打扮，确实像外交官，很正式也很时髦，符合当时的时尚潮流。过了一会儿，他们来到金老先生的病房，小南刚好为金老先生换完胸前的纱布，金老先生向他的儿子招招手，三个人一起走向小南，深深地向小南一个九十度鞠躬。小南从来没有受过这样隆重的鞠躬道谢仪式，赶紧后退一步，也向他们深深一个鞠躬答谢。原来，他们是来康复医院想要将金老先生转换到其它医院的，却立即被老先生制止，告诉儿子，现在的小护士很称职。这时，小南感受到了金老先生在儿子一家人面前的威信。

小南体质太弱，长期超负荷工作，终于扛不住，发起低烧来。上午的工作结束后，她草草吃了午饭，就来到金老先生的病房，躲在老先生的病床帐幔后面，趴在他的床沿边，闭眼休息十分钟。窗外的阳光照射进来，洒满床畔，覆盖在小南疲惫的后背，温暖着小南瘦弱的身躯。金老先生这时一动不动，也不咳嗽了，静静等着小南休息完，再提醒小南按时醒来去做下午的工作。

看到小南累得东倒西歪的样子，金老先生问小南以前干什么工作。小南说，我在一个杂志社做编辑，金老先生叹了一口气，在小纸簿上写道，"姑娘，你受苦了。"小南在这个到处是呼喊她"快一点，怎么又没有及时换尿片床单"的责备声的环境里，看到这么温暖的一句话，眼泪像断线的珠子，大粒大粒从捂住脸的手指缝里涌出来。

金老先生写道，"姑娘，别难过，离乡背井来到一个陌生地方，开始都会受一些苦，别泄气，你会好起来的。"小南看完这句话，止不住的眼泪又涌出来。金老先生在"别难过"这三个字的下面重重的画了一道，小南才擦干净满脸的眼泪，赶去护理其它病人了。

在这间康复医院里，小南觉得最亲的人就是这位不能够说话的金老先生了。不管遇到什么事，小南都会在中午休息时，去到金老先生的病床边坐十分钟，休息一会儿，说说今天遇到的事情。

在走廊的东边，住着一位失去双腿的80岁的约翰，走廊的西边，住着一位坐轮椅的80岁的玛丽。小南同时为他们护理，如果约翰先梳洗完毕，就示意小南用轮椅把他推到饭厅的大门边，然后让小南去帮忙下一个病人。等小南帮助玛丽换洗完毕，化好妆容，用轮椅推送到饭厅大门时，约翰还在门口等待，直到玛丽进入饭厅后，约翰才自己摇着轮椅跟到玛丽的饭桌前，开始吃饭。他们不像其它病人，见面会热情地打招呼，他们只是互相深深地看一眼，然后低头吃饭，有时交谈一句两句话，吃完饭后，他们会双双坐在饭厅大门外，看着走廊里匆匆忙忙来去的护士和其它病人，就像坐在自家的阳台，看窗外熙熙攘攘的街景。偶尔，他们会侧过头来，默契地亲一下对方，象热恋中的年轻人，这时，走廊里的护士们会相互会意地笑笑，也像看街上的一道风景，甜蜜，温馨。小南第一次发现这个不是秘密的秘密，心中一阵感动，去问那位侠肝义胆的黑人护士，约翰和玛丽是一对恋人吗？黑人护士笑笑说，他们几十年前就是恋人了，后来遇到战争，约翰在战争中失去了双腿，玛丽以为约翰已经战死沙场，嫁给了另外的人。几十年过去了，他们老了，病了，却同时来到这间康复医院。除了他们各自的家人，在这间医院，他们是最亲的亲人。有几天，约翰生病了，躺在病床上，不能去饭厅吃饭，玛丽坐立不安，几次自己摇着轮椅到约翰的病室门口"路过"，她没有进去病室问候，只是"路过"几次。约翰从敞开的门口，可以看到玛丽的轮椅经过，只要看到玛丽来过了，约翰就很安详。三天后，约翰的病好了，他不等小南来帮助，自己在床上先挣扎着套上干净的牛仔裤，刮好胡子，等着小南来扶他坐上轮椅。当小南推着也换好新装的，并且被小南精心化过妆的玛丽来到饭厅前门，约翰已经精神焕发地等在门口多时了。他俩相视一笑，一前一后摇着轮椅进了饭厅。这一天是约翰和玛丽病后重逢的日子，也是小南来到康复医院最开心的日子。小南兴冲冲的来到金老先生的病室里休息时，把约翰和玛丽的故事讲给金老伯听，老先生露出笑容，写道，你让他们干干净净的见面，他们会从心里感激你的。小南觉得这一天特别开心，久违了的幸福感重新回到心里。

这时，小南才慢慢把注意力转向了她的病人。

玛丽旁边的病室里，住着格蕾丝。格蕾丝瘦瘦高高，满头雪白的卷发衬托着白皙的脸庞，看得出来年轻时是个美丽的女人，可是她失忆了，安安静静，从不添乱。早上起床后她就安安静静坐在床头，轻声哼唱着只有她自己才懂的歌儿，看着窗外，一脸的期待。当然，等来的不是她的心爱的人，而是小南。小南给她换下睡了一晚上的睡衣，洗脸梳头，她都很配合，只有化妆时，她会专心看着镜子，对小南的化妆技术提出一些要求，小南慢慢从她那里学会了一些平日画淡妆的技巧，而且还画得越来越快，越来越自然妥帖。每次化完妆，格蕾丝都优雅地向小南点头致谢，然后端坐在轮椅里，等待小南把她推到饭厅去吃早餐。这时的格蕾丝，就像一个出发去约会的年轻姑娘，面带微笑，充满希望。

开始小南很不理解，都病成这样了，坐着轮椅，还画什么妆呀，可是病人的要求就是护士的责任，老护士们都练就一手飞快化妆的技巧，还教小南，小南才知道，助理护士每一天都要把自己照顾的病人打扮得干净漂亮才算是工作完美。随着小南化妆技术的精进，老护士们看待小南的眼光也开始带着欣赏和称赞。

格蕾丝的精神也好了，每天都笑容满面地看着门口，等待着出现在门前的小南，这时，她会停止唱歌，专心听从小南的指挥，有时还主动与小南交谈一句。与人交流，是格蕾丝这个失忆症病人越来越少有的行为，现在，却又有了恢复的征兆。不过就是画一个妆，却给病人带来那么多的心理安抚，小南想想自己的痛苦，觉得快乐其实也很简单，如果总是把自己关在苦水里泡着，每天都是苦日子，如果把自己放飞在蓝天白云间，每天都会看见阳光。在康复医院的半年时间，小南学习英文的方式慢慢改变了，不再向墙上飞镖，而是大声地朗读贴在墙壁上的新单词卡片，反复矫正白天工作时学到的新语句读法。

因为小南的英文能力提高了许多，也积累了不少护士助理的工作经验，半年后，她顺利地在离家近的康复医院找到了工作。

离开这间市中心区康复医院时，小南鼓足勇气向金老先生告别。金老先生平静地点点头，写道："祝贺你，希望你工作愉快，不要太辛苦了。"小南说，"我会找机会来看你，你一定要记得多翻身咳嗽排痰呀。"金老先生挥挥手，让小南放心。两个月后，小南终于抽空回到康复医院，一是取医院补发给她的加班费，再就是看望金老先生，小南一阵风地跑进金老先生的病室，那张熟悉的病床已经空无一人，问同室的病人，才知道金老先生的儿子看到小南离去，马上把老先生转送到其它康复医院去了，值班护士也不知道金老先生转去了哪一家康复医院。小南心里一直后悔，如果自己早一点来看金老先生，也许会知道这位在她最辛苦最无望的时候给过她鼓励和安慰的老人是否康复了。

现在，小南放弃在医院工作的好薪水，来到我工作的华人保健中心做长白班，是为了去夜校攻读更高一级的护士课程。

在工作的断断续续时间里，小南给我讲述完了她十年来的经历。看到她瘦小的身躯，竟然有如此强大的生命力，我为自己当年的担心释怀了。这个因为爱情失意，跑到美国来寻求美梦的女孩子，从滑落到卖笑传呼女的深渊，靠着自己的坚持和恒久的努力，终于昂首走入了令人敬佩的职业护士的行列。

姗娣和杰夫的梦想

姗娣和杰夫是一对让我无法忘记的年青人。

他们从东北来。几年前，他俩在同一个城里教中专，虽不同校，但因常在一起观摩教学，相互认识了。杰夫是英文教师，高大帅气的外貌，加上会讲流利的英语，是许多女孩子心目中的白马王子。姗娣也很漂亮，高挑的身材，浓眉大眼，浓密的头发梳成一条又黑又亮的长辫子，无论走到那里，都是个引人注目的漂亮姑娘。

那时姗娣就暗恋上杰夫，常常盼望能见到他，可是，杰夫已经有一个美丽的妻子，还有一个可爱的小女儿。姗娣将思恋悄悄收藏，在众多的追求者中挑选了一个年青有为的局长，做起了官太太。

日子就这么平静地过着。

三年前，杰夫随着出国潮飞去了美国，从每个月学区备课的会议上消失了。珊娣顿时失落了，没有了这个偶像，她真是茶不思饭不想。还好，在学区的备课会议上，她认识了杰夫的好朋友，才知道杰夫去美国了，杰夫想凭着自己良好的英语底子，打打工，挣点钱，读个硕士，然后把妻女也接去美国，实现他们的美国梦。

珊娣辗转反侧打听了一年，得到杰夫打工的详细地址，也飞来了美国。终于有一天，在杰夫工作的餐馆里，两位老乡碰面了。杰夫来美后为了生存，一头扎进餐馆，钱是来得快些，但已经没有精力和体力顾得上念书，不能实现自己上学的梦想，又不能给家人讲实话，内心的矛盾和痛苦可想而知。现在他乡遇故知，怎不又惊又喜。珊娣能和杰夫这么近地天天相处，觉得日子过得比在国内做官太太时还甜蜜。渐渐地，两个天涯沦落人走到一起了。也许两人就这么互相扶持着，上学，拿学位，转绿卡，也能过上梦寐以求的美式的中产阶级生活。

可是珊娣的局长老公一年后带着一个考察团飞来洛杉矶，实际上是寻找珊娣来了。珊娣不得不来洛杉矶接老公，杰夫也跟她一起来到洛杉矶，并住进了我工作的小旅馆。

珊娣和杰夫订了一间单床房，住了两天。当时，我以为他们是一对小夫妻，看他俩相互之间非常体贴，但脸上总是愁云密布，好象遇到了什么重大难题。

考察团快要到了，珊娣趁杰夫午睡，到接待室来和我聊天，吐露了她和杰夫的真实关系。她说明天晚上杰夫就要离开洛杉矶去东部打工，她接待老公，等老公回国后，再去找杰夫。

我问她有孩子吗？她说有一个三岁的儿子。

我问她想不想孩子，她说想，有时会想到哭。那为什么不回去呢？但凡做母亲的，如果不管孩子而自奔前程，我觉得需要一个特别的、迫不得已的理由。姗娣叹了一口气，说她喜欢杰夫，没有了杰夫的消息，她会抓狂。

一个陌生的女人第一次聊天就向我讲述自己最隐私的事情，我不知该说些什么好。沉默良久，我小心翼翼地问，杰夫想他的家吗？

"也想。他总想把老婆孩子弄来，可是哪有那么容易啊！"

是啊，哪有那么容易啊！

第二天一大早，姗娣和杰夫到机场去，先送杰夫上飞机去东部，再接局长老公回洛杉矶。哪知杰夫的护照已过期，无法上飞机，只好跟车又回到旅馆。考察团中的三个团员已住进楼下的一间大房，姗娣和局长老公住进原来的单床房。杰夫没有再订房间，就坐在前台接待室的沙发上。

不知姗娣用什么谎言骗过局长和团员们，大家都一团和气，没来打搅杰夫。

杰夫默默地坐在沙发上。

我正接收清洁公司送来的干净床单，然后倒了一杯咖啡请司机休息一下。

那白人司机一直在听收音机里的警察追赶车匪的新闻，现在干脆就看办公室里电视上的新闻。电视里正播放警察天上地下地围追堵截车匪，我很不解地问司机，那车匪明知逃不脱了，为什么还要跑呢？司机很简单扼要地说，"Stupid！"我忍不住笑出声来，司机和杰夫也都笑起来，说这车匪像老鼠，只有等到被追到没有汽油了，才肯束手就擒，谈笑中，我发现杰夫的英语确实流利自如。

司机走后，我和杰夫很自然地又聊起来。我问杰夫，既然有不错的英语基础，为什么不找个好一点的工作。杰夫说：自己没有绿卡，打工受到许多限制，只有在餐馆里当服务生，收入很好，没有绿卡也行，每月能给家里寄去几千美金呢。女儿正在学钢琴，老师很赞赏她的才华。但买琴和钢琴课费是一笔不小的开支，全靠他打工挣的钱撑着，他要把女儿上大学，甚至留学的钱都挣齐，才觉得对得起妻子和女儿。

"你的女儿几岁？"

"十岁。"

"她现在还小，她母亲可以负担她现在的学习费用。你若只是打工挣钱，要挣到何时？如果你在美国有一个好的前程，你的女儿不是也会有好的前程吗？"

杰夫说，"我何尝不想呢，可是几年的工打下来，我反复想自己当初对美国的期望是不是太虚幻了？我离家来美，是不是牺牲得太多了？"

"许多人通过律师办到了绿卡，你也可以试一试啊！有了合法居留的身份，情况就会完全不同。"我又说。

"我现在只想自己是到美国来劳改的。以前右派劳改，是没有钱的。我还不错，可以挣到一笔钱培养女儿。你别说，有时小费好，我一个月可以挣到五千。"杰夫伸出手，张开五个手指头。我笑了笑，点点头，不知该接什么话。

杰夫见我下班时间已到，试探着问我，今晚能否在办公室的沙发上将就睡一晚，这样可以省下一天的房费。我为难地说，老板不会同意的，他们常常半夜来查房和收帐。若见沙发上睡人，就麻烦了。杰夫没有再要求，说他再想办法。

第二天一早，我来上班，在旅馆院子里见到杰夫。原来是夜班经理为他想出个办法，让他到三人考察团的房间里打个地铺，房费分摊。那三人考察团这趟出国的开销都承包到个人，所以能省则省，而且有一个老乡，聊起在美国打工的经验，也很有趣，就让杰夫住下了。

白天姗娣陪老公出去了，杰夫把行李放在我的办公室里，一会儿到银行寄钱，一会儿查地图看怎样乘灰狗长途巴士可以避开边境警察的检查，一会儿又打电话到东部他将要去的餐馆，询问详细地址，最后打电话到灰狗巴士总站订车票。我看他一幅失魂落魄的样子，所以查地图，打电话都尽量帮他，做完这些事，大半天也过去了。

杰夫说这次乘灰狗要冒险了，如果被边境警察抓住了，遣返回国，就算运气好，省了一张机票钱。如果没抓住，就再赚一年的美金，然后回家，也算没白来美国。

他拿出皮夹，把妻子女儿的照片给我看，美丽的妻子拥着可爱的女儿，满脸都是幸福的笑容。杰夫提起女儿就有很多话，眼神也充满笑意，我觉得，凭着这张照片，杰夫也该回家去。

临下班前，杰夫嗫嚅着问我借钱。说他为防警察抓住，把钱全寄回国了，以为皮夹有足够的钱买车票和零用。现在却发现买了车票就再也没有多余的钱，他怕下车后餐馆老板没派人来接，连叫出租车和住店的钱都没了，他保证一到东部，马上把钱寄还给我。

我说，姗娣不能帮助你吗？

他说姗娣可能很晚才回来，而他是搭晚上八点的车，见不到姗娣了。我迟疑了，第一次碰到这样的陌生人借钱，我应该回绝的，但看到他落寞彷徨的样子，又不像是装出来的。在这之前，我已遇到过谎称被抢钱包而拖欠房费的妓女，或说别人欠钱不还，害他不能返回纽约的赌客，统统都由老板出面把他们请出旅馆。而这个杰夫，我觉得他真的是七魂丢了三魄，若是在国内教书，他仍会是明星教师，但到异国他乡来闯荡，就应付不来了。我借给了他五十元，并祝他好运。

杰夫接过钱，低着头，顿了一下才说，到了那边，我一定会立即还你钱。

杰夫在黑夜来临时走了。我总觉得他象那躲避警察追捕的人，心里充满了未知的惶恐。

杰夫走后的第二天一早，姗娣来问我杰夫有无留下什么口信。我说没有，只知他买了去东部一个城市的灰狗车票。姗娣没有听到杰夫的留言，有点失落，知道杰夫临走时向我借了钱，马上说："你放心，他一定会还你的。他不还，我也会帮他还的。"

三天后我接到杰夫的电话，说已顺利到达东部，并开始工作，五十元钱的支票随即会寄上，他不会忘记我对他的帮助

杰夫打电话来时，姗娣和老公已去了外州。她的丈夫让她一起去参加旅行，她不得不同行。我问杰夫要不要把他的电话号码告诉姗娣，杰夫说，不用了，他会找机会联系姗娣。

三周后，姗娣和老公又回到旅馆。我很纳闷，一般考察团都是来美两周，怎么这个局长还不回去？姗娣愁容满面地说，老公不想回去，也要留下来打工，可是他肩不能挑，手不能提，在国内混个局长可以，在美国打工就惨了。接着她又急急地问杰夫有没有新消息，我不忍骗她，把杰夫寄支票来的信封给了她。

姗娣和老公离开了旅馆。我看着那长得端端正正却过早发福的局长的背影，暗暗为他担心。

过了一个月，姗娣来了，而且明显消瘦了。她说老公根本不能打工，做一天活，在家躺三天。叫他回去又不走，她每天都心烦意乱，如果老公再不能好好打工，她就要离开他，自己另外找活干了。但是不管找不找得到杰夫，她都要留在美国，她不愿意再回去过那种平淡无味的官太太生活。姗娣又拜托我，如果有杰夫的消息，一定告诉她，并留下自己的电话号码。

　　再过三个月，姗娣又来了，身体恢复了原样，神情轻松了许多。她说老公已回国了，她现在在一家餐馆里当服务生，收入不错。一个餐馆的老客人给她写了一封信，说爱她，想跟她结婚，但看不懂信的内容，让我帮忙看看，信里说，如果姗娣和他结婚，房屋及存款虽然没有姗娣的名字，但她从此可以有绿卡了，一张绿卡，值五万美金呐。

　　姗娣说食客中常有人向她表示好感，她心里明白这是什么意思。只有这个老头正经八百地向她求婚，结婚，意味着得到许多人梦寐以求的绿卡，她会好好考虑的。我担心地问她，结婚没有真感情你会受罪的。一串晶莹的泪珠从姗娣抖动着的睫毛间突然涌出来，"其实，我和杰夫如果坚持下去，一定能有一个好前途，可惜我们有缘无份。"

　　是啊，我想起杰夫妻子和女儿的照片，那是杰夫心中的太阳。

　　姗娣问我，雪莉姐，你会不会觉得我是个坏女人？

　　我连忙摇头，坏女人我也见过，但我从来没有想过你是那样的人。

　　我不是那种随心所欲、逢场作戏的人。雪莉姐，你相信吗？

　　我相信。

　　我当然相信。姗娣也许太天真、浪漫，才使自己浪迹天涯，但我很乐意看到她找到自己的真爱。

　　那年圣诞节，我收到姗娣的贺卡。她告诉我，她已通过律师办好绿卡，取得合法居留的身份，现在正在学习开车。

又过了几个月，姗娣随教练来小旅馆的附近车管处考驾驶执照。姗娣特地带着这位新朋友来看我，说是让我帮她参考一下，可不可以做男朋友。不过，看他们亲密说话的样子，已经是一对热恋中的恋人。姗娣的脸色比以前红润饱满了，乌黑的头发也明亮有弹性，显现出年轻人特有的朝气。这位教练个子不像杰夫那么高大，但是结实健壮的体魄与简短明瞭的话语，却比杰夫多了几分踏实和沉着。姗娣告诉我，教练也是从大陆来的，八年来一边打工一边在读晚间的大学护士课程，现在快从College毕业了。自从认识教练以后，姗娣灰暗失落的心情像见到了阳光和希望，很快，她也随教练去注册了英文课程，重新拾起荒废了几年的英文。现在他们一起在同一间社区大学上课，教练白天教人学习驾驶，晚上去上课，姗娣白天在一个说英文的家庭里作家庭工人，晚上等着教练来接她去学校学习会计师课程。他们约定，完成社区大学的课程以后，再寻找新的工作，护士和会计，在美国有了这样的学历和专业，生活会稳定优裕。

姗娣来到美国没有追到她一直暗恋的杰夫，却寻找到了新的生活方向，我对姗娣小声地说："Good job！"

富翁和他的儿子

　　这一年的冬天，洛杉矶特别寒冷。圣诞节前后的一段时间里，冷雨寒风不断地从海上袭来，山谷大道上各商家虽然张灯结彩，但是一到夜晚，家家户户早早关门，节日的气氛被寒冷冻结了。

　　元旦才过了几天，旅馆来了一位客人，是从中国大陆东北某大城市来的。登记时，客人没有下车，他的随从一趟又一趟地去拿护照、钱和行李，派头很大。我想看看这个派头很大的人是什么样，而且，自己究竟收了一个什么样的人，我也要心中有数，便拿着登记卡，到他的车前，请他自己填个名字，其余的由他的随从代劳。车窗里，一个满脸倦容的中年男子，接过笔，很快填写了自己的名字，然后闭上眼，头靠在椅背上，一语不发。他的朋友都叫他刘总，我想，这位刘先生大约是晕机太厉害，或者是病了吧。我安排他们住进了有两张大床的211房间。

从国内来的客人一般稍事休息都会很快上街逛逛，或者外出吃饭，很少有人关在房间里整天不出去的。可是这位刘总进了房间后，一直再没下楼。只见他的随从一会儿到接待室来灌开水，一会儿来接冰水，一会儿泡茶叶，一会儿要咖啡，忙忙碌碌，神色凝重。

两天后，随从开始跟我聊起了他的刘总。原来他是来洛杉矶为儿子处理丧事的。他的儿子不久前在车祸中去世了。

噢，原来是这样的。"他儿子在这里是干什么的？"我随口问道。

"开了一间录影带店。"

录影店？我一下子想到旅馆对面的超市旁有一家美华录影带店，老板是一个年青小伙子。我常到录影带店里去为客人租借录影带，因此认识。我赶紧问随从录影店的名字，随从说是美华录影店。

我心头一紧，难怪过年以后一直没再见过那小伙子，还以为他回大陆了，未必是他出事了？还想多问几句，随从的BB机响了，他看了看电话号码，匆匆赶上楼去。

美华录影带店在我来旅馆工作的两年中换了两次老板。开始是一对中年夫妇，女的长得肥胖高大，浓眉鼓眼，大嘴，每天化着浓妆，常穿透明的、蕾丝花边的低胸衣裙，喷很浓的香水，给人的感觉整个儿一个生猛海鲜。男的也又高又黑又胖，胸毛争先恐后的从扣得很低的衬衫领口冒出，脖子上挂着一条拴狗链子般粗的金项链，让人一进门就怀疑自己是否错进了黑店。

可是这两口子会讨好客人，生意也做得红火，每次去他们的店里，都有不少客人借录影带。他们做了一年突然关门消失了。

一个月后，来了一个小伙子，重新开门营业。他叫刘俊生，是东北人，大约是没有作过录影店生意，店里显得冷冷清清。我问他，那对中年夫妇怎么不做了，他说他们卖了店，到外州去了，现在是他自己在经营。我向清洁工老陈提起录影店老板换人的事，老陈大惊小怪的说："你还不知道啊，那对夫妇犯了事，正被警察全面调查呢！"

　　"什么事啊？"

　　我虽在前台接待客人，但有时消息不如楼上打扫房间的老陈灵通。

　　"什么事？你前几天不是看到报纸上登的，有一对夫妇把一个从国内才来的小保姆关在家里，不给工钱，女主人还帮男的强奸小保姆的案子吗？"

　　我想起了华文报纸有几天追踪报道这个案子的情况，原来干坏事的是这对狗男女。真是知人知面不知心啊。看他们平时对顾客十分热情的样子，还以为是好人，只不过长相难看点，看来真是相由心生。

　　对比之下，刘俊生却是个长相十分清秀的男孩子，大约二十七八岁，170公分的个头，皮肤白白的，双眼皮，大眼睛，高鼻梁，唇红齿白，如果换上女装，站在姑娘堆里，会是个极漂亮的女孩。看他说话做事，却是男子气十足，没有一点娘娘腔。我去录影带店，他知道是熟客，常常向我主动介绍一些新的录影带，让我先睹为快。如果一次借的带子多了，他会随手拿一份当天的世界日报送给我。看他渐渐把生意做得顺手了，我也为他高兴。但总是纳闷，年轻轻的，为什么不去读书呢，要知道，年轻人，来到美国，不好好学习一个专业，至少先学习好英文，也是必须的呀。哪怕是白天打工，夜晚上课也好，难道一辈子靠这个小生意为生？但不好直接问他。

　　三天后，211房间的刘总开始下楼了。看他在门口等车的神态，与刚来时有了很大改变，再也不是一个虚弱的父亲，而是一个有城府，甚至带点霸气的企业家派头。他的身边总有几个朋友在陪他说话，来接他的车也是Lexus、BMW一类的好车。

过了两天，我趁他的随从来接待室取饮用水的时候问他，刘俊生到底是怎么死的。随从说：俊生大概五年前来美，读了一年书，后来想做生意，但总没做好。结识了一些年青朋友，也是只知道花他的钱。他跟一个台湾来的小伙子合租了一套房子，那小子一会儿教俊生去赌场赌钱，说赢了钱就可以做大生意，结果一下子输进去六万；一会儿教俊生买录影带店，说是要从小生意做起，俊生的钱都被那坏小子折腾光了。今年圣诞节，他们在家里喝酒，都半夜一点钟了，那小子的女朋友来了，要住俊生那儿，俊生已经进房休息，那小子非要撵俊生出去住，说是女朋友在这儿，有俊生在，不方便。俊生讲义气，半夜快一点多钟开车到别人家去住，已经喝得醉醺醺的俊生，开出不远，就撞在一颗大树上，当场就撞没了气。

"这是什么朋友？逼人去死嘛！"

我气愤得差点叫起来。

"我们刘总也是这么说。"随从也恨恨地回答道。他又说，刘总到洛杉矶的第二天，那同住的小子也来了，刘总不让进门，他就在门外跪了一个钟头，旁边的人见气氛很僵，把他劝回去了。

"现在这事怎么处理呢？"我又问。

"怎么处理？自己撞到树上去了，找谁赔去？我们这几天，尽往警察局去，认领遗物，取回撞坏了的车，把俊生的骨灰取回来。刘总这几天正急着把店给卖了。"

我一听，卖录影店？心里一动。我若买下这个店，从此可以不给别人打工，这店的地址又好，生意红火，好好经营，靠它过个小日子也还不错。

于是问到，"刘总打算卖多少？"

随从问，"谁想买啊？"

"我。"

我有点不好意思地笑了笑，觉得自己实在不象是个可以开录影带店的角儿。

"大概五到六万吧，"随从说，"这样吧，我去跟刘总说说，乡里乡亲的，让他便宜点，一笔也写不出两个刘字嘛。"

随从很大方地打着保票。

我手里这时其实有六万现金，是为了买房子而调出的所有存款，眼见房租每月都在上涨，若抓紧时机买一栋自己的住房，就可以免受高房租的压力，每月开支就会有序很多。若用这钱买下录影带店，赚了钱，也可以再买房啊，问题是我来经营这个店，能赚钱吗？我可一点也不懂啊。心中七上八下，拿不定主意。

过了两天，随从来告诉我，若有五万五的现金，刘总可以马上将店交给我，现在有不少人在找他想要买这个店，出的价也高于五万五，包括那个撵俊生出门的小子，也一再要求刘总将店卖给他。

我想，近六万的美金，对刘总不算什么，对我可是全部身家。我要跟刘总当面谈谈，才算心里踏实。于是将自己的想法婉转的告诉了随从。第二天近中午时，刘总到楼下等车，走进了接待室。这时我才完全看清楚了他的相貌：175公分的个头，稍微发福的身躯，看他的年纪，也不过五十七、八岁，黑红色的脸膛上，五官轮廓分明，尤其是他的高鼻梁和眉眼间，隐约有刘俊生的影子。

我带着笑容从柜台后站起来，"你好，刘先生。"

"你好，刘小姐，我等车，可以先进来坐坐吗？"刘总很客气地问。

我有点诧异，这位刘先生不象国内来的许多老总。那些老总们，一进门不是大摇大摆地坐下，很有派头的问，"怎么样，你的生意还好吧！"就是点头哈腰，一路笑得很亲热地寒喧不停。看来刘总是个有实力的人。

"可以，你请坐。"我指了一下皮沙发，然后替他泡了一杯茶。

"您来美国几年了，刘小姐？"刘总坐下后，接过茶杯。

"五年了。"

"五年了，"刘总顿了一下，眼睛盯住了茶水："俊生也是五年。"他低声的说道。我一下子感到这位父亲其实时时刻刻都淹没在丧子的悲痛中。

"我认识你们家俊生。"我想说些安慰的话。

"噢，你认识俊生？"刘总抬起头来，眼光里透着希望，似乎想看到俊生从我背后走出来。

"是，我常常去美华录影带店借带子。俊生是个聪明能干的年青人，他经营美华，开始不太熟，到了下半年时，生意做得蛮红火的。"

刘总露出微笑，"俊生从小就很聪明，学什么都快，脑子好使。"做父亲的眼神里洋溢着自豪和慈爱，跟每一个普通的父亲没有两样。

"俊生来美国，是他自己想来的，还是你有意送他来的？"我想知道这个年青人有这样一个富翁爸爸，为什么不读书呢。

"唉，是他自己一定要来的。"刘总这时似乎是在跟一个朋友聊天。"我一直反对他出国。我工作那么忙，想他能帮帮我，可是他说要出国学习先进的管理方法，我只好让步，给了他十万美金，希望他能学到点真本事。"

啊，出手就是十万美金，这位父亲也太宠儿子了一点。但我没吱声。大约感觉到了我的惊讶，刘总继续说道，"我小时候没条件读书，不怕你笑话，只有高中文凭。现在儿子能来美国深造，他有这个心，我有这个力，所以还是让他园了这个梦吧。"

这岂只是圆儿子的梦，其实也是圆父亲的梦啊。中国大多数的父母，哪个不想让自己的儿女能够出国留学，做个出人头地，有知识，有教养的人啊。

"你还有其他孩子吗？除了俊生以外。"我问道。

俊生来美后不愿读书，又结交不靠谱的朋友，这我已经知道了，怕当父亲的说起来伤心，赶紧转换话题。

"俊生有个哥哥，比他大两岁，唉！"刘总又叹起气来。

"俊生的哥哥在国内吧？"我小心翼翼的问。

"俊生的哥哥也是车祸死的。" 刘总眼睛看着窗外。窗外山谷大道上川流不息的车流正在轻声的滑过旅馆的门前。

也是车祸！怎么那么巧？我默默地看着这位父亲。

刘总转过头来，脸上带着悲伤，"那是东北刚开始流行摩托车的时候。俊生的哥哥看到别人骑摩托车很羡慕啊，整天吵着要买，我给买了。没想到顺了他的心愿，却把他送到那条路上。"刘总垂下头，半晌不说话。

我轻轻说了一句："哎，怎么那么巧。"

刘总悲伤的说："他们都有自己的想法，想自己闯世界，老天爷为什么就专跟他们过不去呢？"刘总用手捂着额头，似乎在强忍着自己的眼泪。

"刘先生，你要多保重。你太太一定受不了这个打击，你要节哀啊！"我怕这位悲伤的父亲情绪失控，赶快安慰他道。

"俊生他妈一听到俊生车祸消息就再也下不了床，现在还在医院里靠输液维持着。"刘总两眼向前看着，定定地不知他的目光落在哪里。

"哎，可怜的母亲，刘先生，你可千万要挺住啊，你还有十几家工厂要照顾，还有那么多的人需要你，你要想开些。"我简直有点语无伦次了。每遇到这种情况，我总是嘴笨，心里着急，却不能长篇大论地说出什么道理来。

"我要这么多钱干什么！"刘总悲伤地低语："都说挣钱是为了孩子，他们都走了，我还挣什么钱啊！"

我看到刘总的眼里泛着星星点点的泪光，沉默着低下头来。

丧子的切肤之痛，我略微体会过一次。那是女儿读小学一年级时，因为下错了车站，走失了。当我确定孩子走失了时，差点坐到地上去。紧跟着，我在她可能经过的大街上一直奔走呼号着找了三个小时。是弟弟妹妹们动用了车队的力量，天黑时分才在一个小时路程之外，我原来工作的单位找到了走丢的女儿。当时的我已经吓傻了，那三个小时不知道累，不知道渴，只是拼命地走，拼命地问路人，不停地打电话。等到孩子找到时，我已哭不出来，只是紧紧抱住失而复得的女儿，生怕再丢了。回到家时才发现两只脚已打满了一圈水泡。

这时已过了中午12点，在大学读书的女儿风驰电掣的开车回来吃午饭来了。我急忙对刘先生说了一句："我女儿回来了。"迎出门去。十九岁的女儿长得快和我一般高，一下车就叽叽喳喳地开始跟我讲起她上课的趣闻，老师如何了，同学如何了。这是我们母女之间十多年来的谈话习惯。她讲她的故事，我讲我的故事，见面总有不少话题。等到我和女儿从厨房拿出午饭便当盒，走到微波炉前要热时，才发现刘总已站起来，准备到门外去。我赶快对女儿说："这是刘先生。"然后又对刘总说："刘先生，这是我女儿。她的学校离我近，所以回来吃午饭。"

女儿有礼貌地向刘总点点头，说道："刘叔叔好。"我又对女儿说，刘叔叔就是对面美华录影带店的刘俊生的爸爸。女儿瞪大了眼睛、张大了嘴："呵，你是刘俊生的爸爸？"刘先生看着女儿，点点头。我怕小孩子不懂怎么说话，赶快给女儿示意小心点儿。可是年轻人就是年轻人，她冲口而出："俊生大哥那么好说话，要是我就不出去，凭什么我的房子要让别人做主！"

俊生的爸爸点点头，又苦笑着摇摇头。我赶快打圆场，对刘先生说："俊生和我女儿是很熟的朋友了，有什么新带子，好片子，总是打电话叫她先借去看。"

刘先生嘴角露出一丝笑容，问道："小姑娘，你多大了？"

"十九。"

刘先生转头对我说："你女儿跟俊生一样，也是皮肤长得白。"确实，女儿和俊生一样，都是天生有一副白里透红的脸色。

刘先生又对我说："刘小姐，你有福气啊。有这么好一个女儿，你比我有福气呵。"

这时接刘先生的车来了，上车前，刘先生转身对我说："听说你想买那间店，如果你能在这两天内筹集五万五美金，我就把店交给你。"

"刘先生，这事急了点，我确实有一笔现金在手里，但那是买房子的头款。"

"我想尽快回国去。俊生妈妈还在等我回去。这个美国，我是再也不想来了。店卖了，也就了了。"

"我和先生商量一下，晚上给你一个准信，好吗？"

刘总点点头跟他的朋友出门了。

我赶快打电话与先生商量。先生说，一切由我看着办。买房、买店都可以，但要快做决定。因为房屋仲介公司也是这一两天内要收头款了。

真是越忙时间越紧，这么大的事，我贸然想出这么一个主意，该怎样盘算？想来想去，买店是为了生活有保障。但我不懂经营，操持生意，对我来说可能是一件难事。买房，全家有了一个自己的窝，多余的房间还可以出租，补贴家用。虽然我们不富裕，但小日子还是过得平平稳稳。平安是福嘛。

傍晚下班前。刘总返回旅店。我立即给他打电话说我还是决定买自己的房子，不买店了。刘总说，刚好下午也谈了两个买主，他们愿出六万五和七万的价格买走。就等我的准信了，现在我已确定不买店，他就决定卖给另外的人。我在电话里直对刘总说："谢谢，对不起，给您添麻烦了"的客气话。回到家，我想，这个刘先生，下午对我好像说的五万多就卖店给我，会不会是我听错了？

第二天一早，刘先生给我打电话说录影店的手续已交割好，他准备乘今晚的飞机回国，一会儿就下来结帐。

约十点钟，刘先生来到接待室，跟我结帐道别。他说录影店已卖给一个东北老乡，六万五今天中午就汇到他的帐户上。我有点纳闷，这个生意人的价格有点混乱，五万五和六万五还是差一大截呀。我对他说："刘先生，实在对不起，耽误了你的生意。你给我一个好的价钱，我都没有能力买美华。实在是不好意思。"

　　"没关系，看得出来你是个善良的人。一万块钱对我来说算不得什么，你却是正在需要的时候。这么多年来，人们都是叫我刘总，只有你这儿，我又变回刘先生了。看到你和你女儿亲密的样子，我心里很羡慕。好好带你的女儿，她是你的最大的财富。"说着，刘先生掏出自己的名片，递给我："欢迎你有空时来东北玩。如果在东北有什么事要办，也许我能帮点忙。"

　　面对刘先生这一番诚心诚意的话，我只能一个劲儿的点头。说什么好呢，我不可能象送一般的客人一样对他说："欢迎下次再来我们旅店"。美国是他的伤心地，他不会再来了。

　　我只好对他说："认识你很高兴，希望你多保重，代我问候你的太太。"

　　看到刘先生与他的随从带着行李离开了旅店，我站在大门口，向他的车挥手道别。他平生只来了一次美国，却是为了来取儿子的骨灰，不知俊生的魂魄是否也跟着他返回家园了。

姐 弟 恋

那年的初夏。

一天下午，柜台前来了一个年青女子，大约二十七、八岁。高挑的身材，灵活的双眼，一进门就露出友善的笑脸，叫我雪莉姐。我不认识她，不知道她为什么知道我的名字，想是朋友介绍吧，于是也友善地向她点点头，等她发问。她说她叫阿华，听别人说雪莉姐是热心肠人，想央求我帮忙查找一个叫托尼的中国男青年，姓林。我听着听着警觉起来，老板交代过，如果说不出房间号码或确切的名字，千万别帮人查找客人，要保护客人住我店的隐私权，除非警察来找人。

我马上问她："你要找的人住哪个房间？"她说不知道。我回忆了一下，这几天没有叫托尼的男青年来住店呀，于是回答她，没有这个客人。阿华脸上布满愁云，说托尼是她弟弟，跟她拌了两句嘴，十天了，不上班，也不回家。家里就他们姐弟俩在洛杉矶，万一有什么差池，她如何向老人交代。说着说着，掉下泪来。我无奈地看着她。怎么查呢？我一边翻看着这几天新进来的客人登记卡，一边向她摇着头，说没有这个人。

阿华提醒我："他是不是改了名字？"我立即停止翻看登记卡，暗想，她究竟要找一个什么人啊？她是什么人？我客客气气地对她说："阿华，我很想帮你，但是确实没有托尼这个名字，很抱歉。"

阿华擦着眼泪走了，边走边说："这个没出息的小弟，让我操碎了心，再不回来，工作都保不住了。"看着她离去的背影，我心里禁不住同情起她来。于是又低头细细地翻看登记卡。有了，两天前住进来的一个男客人，在207双床房。听皮特交班时说过，是晚班时收的，年青人，以前来住过的。今天的房租也提前交了，好像是个常常跑赌场赌钱的人。但登记的名字不是托尼，是汤姆陈。既然是双床房，可能另外一个客人就是托尼？

阿华走了，我也就没有再细想。

过了一个钟头，阿华又来了。眼圈还是红红的。她告诉我刚到对面的福瑞宾馆找过，没找到。如果再不回去上班，小弟的工作真是要丢了。

我叹了一口气说："我只能问问，不敢确定。"于是拨通207房间的电话，电话那头很快有人接听，是个年青的中国男子的声音。

我问道："是林先生吗？"那边回答是，我正问："有没有叫托尼的先生，接待室有朋友等他"时，阿华一转身出门了。电话那头果断的回答："没有叫托尼的，搞错房间号了。"我急忙说了一声对不起，放下电话，追出接待室门口，看阿华到哪儿去了。

不出我所料，阿华上楼了，直奔207房间大步走去。我暗呼，糟了，今天要出事。这个阿华，太有经验了，她看我拨电话时，键盘上显示了"207"这个号码，又听到话筒里男声肯定地回答自己是林先生，立马找向207房间去。

天哪，这对姐弟千万别打起来。

我站在院坝里对着她叫了一声："阿华，你别乱来，那里面的人不是你弟弟。"

阿华站住脚，对我摆摆手："姐姐，你放心，我只是给他认个错，求他回家，我不会做对不起你的事，你放心。"阿华的嗓门是压低的，脸上的笑容是哀求的，手里的纸巾还擦着眼泪。我不知道他们姐弟发生了什么重大纠纷，要让这位姐姐如此着急。我心里隐隐不安，转身回到接待室，打电话叫楼上正在做清洁的老陈出来看看，以防万一。

我在忐忑不安中等了几分钟，突然总机电话铃声大作。我一看，207房间打来的电话！我抓起电话，"哈罗"话音未落，就听话筒那头传来暴怒的吼声："你捣什么乱！谁叫你放这个女人上来的？我要告你！！"我吓得把话筒一扔，按住了弹簧键，愣在那里，脑子里顿时乱成一锅粥。今天确实是我不小心把房间号码暴露给了外人，是我的错，他要告我，也是一告一个准，可是，姐姐找你这个不听话的弟弟回去，是为你好，干嘛发那么大火呀。

还没等我想清楚，老陈从208号房间打来了电话："雪莉，你上来吧，打起来了。看你干的好事！"老陈总是不失时机地教训我，常常恨得我牙痒痒，更可气的是，几乎每次都是他对。我提心吊胆，握着一大串钥匙，上楼去看看这对冤家打成什么样了。

老远看到老陈站在207房的门口，对我招手。从207房内传来争吵的声音，一上楼就能听见。我三步并做两步，赶到207房的门口，看到阿华站在门口过道处，面向房内，满脸涨得通红。靠内的大床旁站着一个瘦高个的男青年，脸色铁青。见我出现在门口，立刻对我破口大骂："你是干什么的！谁叫你私自放人上来骚扰我。你把她赶走！你再不赶走她，我去法庭告你！"我转脸看阿华，正想劝她离开房间，不要再吵闹，阿华突然亮出了女高音的华丽嗓门："雪莉姐，你看他带一个什么人到你旅馆来了。"循着她的手指，我才发现靠内的大床角落里，蹲着一个约五十岁的小老太太。看她小小的一团缩在床沿后面，身上披着一件灰不灰，蓝不蓝的布外衣，散乱的短发遮住了半个脸，估计她站直了也不过140多公分。这是怎么回事？找弟弟怎么找出一个老太太来，还衣冠不整，她为什么蹲在那里发抖？我的脑子象短了路的电脑，程序全乱了。

男青年上前一步，指着阿华："我做什么关你什么事，你滚！我跟你一刀两断！"

我一下认出了这个铁青着脸的男青年。他以前确实住过我们店。180公分的个头，大约二十七、八岁，长得眉清目秀，很象近几年在台湾窜红的一个叫仔仔的电影男演员。我以前看到他时，是个腼腆的小伙子，一般住一、两天就退房，来去都悄无声息。今天怎么变成了一头狂怒的野兽，整个脸都扭曲了。

我赶快说："你们有话好好说，别吵到其他房间的客人。"男青年转身向着我："我不认识她，你为什么告诉她我的房间号，你侵犯我的隐私权，我要告你，告到你们开不成店！"我后退一步，盯着他，不知该为自己的疏忽向他道歉，还是继续劝他们别大声嚷嚷。

见我往后退，阿华上前一步，指着男青年的鼻子骂开了："你这个没良心的东西，我供你吃，供你住，给你钱花，让你去赌场开心，没想到你却到外面偷鸡摸狗。你找个比我强的也好啊，找这么一个脏兮兮的老太婆。你不要脸，我还嫌丢人哪！"我突然听明白了，阿华和托尼不是什么姐姐与弟弟，他们应是恋人关系。

托尼冲上前来要打阿华，阿华身手敏捷，一跃上了靠门的大床，再一大步跨到了里面的大床上，弯腰伸手抓去了蹲在床边的小老太太的外衣，小老太太穿着内衣滚到地上，象筛糠一样发抖。我怕闹出人命来，大声喊道："阿华，住手，别乱来！"托尼转身扶起地上的小老太太，把她推进洗手间，随手扔进她的一堆衣服，然后冲着阿华一拳打过去。阿华也不躲闪，被他当胸一拳打倒在床上，阿华不哼一声，躺在床上不动了。我在一旁吓傻了眼，这种全武行的打斗，瞬间发生，在我生平中，还是第一次亲眼目睹。

老陈一直在外面歪头看着屋里的争吵，见阿华砰然倒在床上，他也慌了，抢进来看看阿华到底怎么样。

托尼大声叫道："别管她，看她装死装多久。"话音刚落，阿华一个鹞子翻身，跳到地上，一把抓住托尼的领口，狠命用头撞过去，说时迟，那时快，老陈呼地张开双臂，一个箭步上前，从后面把阿华拦腰抱住，往后一拖。架不住老陈的大力臂膀，阿华松开了手，被拖出了门外。

我也跟到了门外，一个劲地说："阿华，别闹了，阿华，别闹了！"我心里有点同情她。

托尼一步跨到门口，指着我的鼻子破口大骂："你这个混蛋，你是干什么吃的，你懂不懂旅馆的规矩，我要告你，我要告你！"他已经歇斯底里了。

我听得头发根一炸一炸的，心里一股怒气再也压不住，双手叉到了腰间："你给我住口！你们的家务事，跑到我的旅馆来闹，吵得别的客人都无法休息！你告我？我还要告你呢！告你扰乱旅馆客人休息。马上给我退房！你滚不滚！你不滚我立马就 Call 911！看今天是谁告谁！."

托尼愣了一下，随即退到门后，一扬手，"砰"的一声，把门在我面前重重地关上。我和老陈、阿华，统统被关在了门外。

我回头看看老陈，老陈摇摇他的大圆脑袋，一副"你看着办吧"的神态。

我再看看阿华，阿华用哀求的眼光看着我："雪莉姐，实在对不起，我也是万不得已。"我挥了挥手，说："下去吧。"我和阿华回到了接待室。

一进接待室，阿华便失声痛哭起来。我本来心里很怪她不该私自上楼去敲门，这时心也软了，倒了杯冰水给她，示意她在沙发上坐坐。这时总机铃声又响起来，我急忙看看是谁打来的。是207和208号房同时打来的！我先接起了208的电话，知道那是老陈。

老陈说："雪莉，那小子要再闹，就赶他走，你就说他召妓，有我和旁边的客人做证，他不敢把你怎样，别怕他。你刚才的泼妇样子很象样，对付这号人就得泼一点。"我连连点头，"嗯"的答应了一声，然后接起了207号房的电话。

"柜台，你马上把那个女人给我赶走！如果她再上来骚扰我，我就去告你！"托尼的声音。

一听他还是如此嚣张，我来气了："林先生，你说话客气点儿，这个女人自己找到了你，凭什么说是我放他上来的，旅馆又没有锁大门。你若再说什么告啊告的，我告你召妓，我有目击证人，你信不信？"

停了两秒钟，那边的电话啪的一声挂上了。我长长的吐了一口气。

阿华早已停止了哭泣，两眼红红的看着我："雪莉姐，我没有说是你指引我上去的，他告不着你，我不想给你添麻烦的，可是你不知道，他一开门，我看到……就吵起来了……我原先是不想吵架的。"我心烦地摆摆手，也给自己倒了一杯冰水，坐到柜台后面。过了一会儿，我等自己平静点儿了，才问阿华，究竟是怎样一回事。

原来，阿华在国内是学声乐的，到美国来先读了会计课程，在中国人开的贸易公司做会计助理，然后又到大学进修声乐课程，希望完成自己在美国学习完声乐硕士的愿望。她与托尼是在朋友的聚会上认识的，托尼是学中国画的画家，在国内时，圈子里也小有名气，来美国后，中国画根本没有市场，改画油画，也活得很艰辛。他们有很多共同语言，相互依恋，就住到一起了。

阿华有一份固定收入，虽不多，但勉强维持着两人的生活。托尼找不到理想的工作，生活的重心越来越失去平衡，就往赌场跑，指望能从赌场找到一条财路，哪知越陷越深。每次去了赌场后，必要召妓，而且都找年纪大的，想从年长的女人那里找回一些自尊，这对阿华打击太大。阿华几乎绝望了，吵过，打过，之后托尼也发誓要改，但是他就象吸毒有瘾一样，越来越不能自拔。今天是第几次打架，她已记不清了。

我问阿华："你为什么说托尼是你弟弟，他真的比你小吗？"

"他比我小五岁。"

阿华缓缓地告诉我："托尼大约天生依恋年长的女人，除了我以外，他到外面找的，也全是比他大很多的女人。"

看着阿华渐渐平静下来的脸，我认真的问她："你爱托尼吗？"

"我恨他，瞧不起他。"

可是她仍不停地找他回家，不停地吵，甚至打架。

"那为什么还要绑在一起呢？"我问："与其这样吵吵闹闹，倒还不如分开。"

阿华沉默了一会儿，说："如果没有我支撑他，也许他会变成一个不可救药的人。"

"可是他现在这样好吗？"

阿华停了一会儿："等他再老一点，也许就懂事了。"

我叹了一口气，无话可说。

总机电话又响起来，是老陈打来的："雪莉，那小子带着老太太下楼了，你注意点。"

我赶快走到门口，随时准备关上接待室的门，以防托尼来寻阿华打架。这时听到车库里一阵汽车发动的声音，随后看到托尼开着一辆破旧的老爷车，飞快地冲出大门。我注意看了一下旁边的座位，没有那个小老太太。我回头看看阿华，她也正在我身后看着跑远的车。

阿华说："那个女的躺在后排座位上。"

"你怎么知道？"

"他以前也这么干过。"

"以前也这么干过？阿华，你这是过的什么日子哟。"我心里无声的责问着。

目送远去的破车，阿华慢慢转过身来："雪莉姐，我该回去了，今天实在是太对不起你了，给你找了这么多麻烦，改天我一定会谢谢你的。"

"阿华，回去跟托尼好好谈，别打了，在美国都挺不容易的，自己再折腾，多难过啊。"

阿华离去前眼圈又红了。

这时老陈下楼来，他说看到托尼开车出去，就打开207房门查看了一下，没人了，也没留下行李。

我大概跟他讲了一下阿华和托尼的情况，其实我觉得这两个人都怪可怜的。老陈说："可怜之人必有可恨之处。没出国时说美国是天堂，来到天堂却过上了地狱式的生活。真不知他们想要怎么样。"

从那以后，我没有在小旅馆再见过这"姐弟俩"，不知他们到底怎么样了。我想，也许分开了，俩人反而置于死地而后生了吧。

都说无巧不成书，我以为再也见不到这两位冤家了，没想到几年后，我竟在一场女高音独唱音乐会上见到了阿华。那在台上光芒四射的歌唱家竟是阿华，尤其是她唱出亮丽的降B调时，立刻使我想起当年她在小旅馆207房间高声斥责托尼的华丽女高音腔。

拉我去看演出的朋友是台上女高音的好友，她告诉我，歌者的名字是"青青"，我有点茫然，也不好多问。演出结束，朋友说，为了答谢"青青"送票的情谊，建议我们去"青青"晚上庆功宴的饭馆吃宵夜，顺便去向她进一杯酒，表示祝贺。我当然乐意随行。

青青已经卸了舞台浓妆，与亲朋好友在包间里吃饭，也接受不断来向她祝贺的朋友的敬酒。

我和朋友进入她们的包间时，正好她的先生抱着一个两岁多的小女孩，教女孩说："祝贺妈妈。" 这位先生不是托尼，是一位高大的白人，接近五十岁，气质沉稳。看得出来，他很心疼年青漂亮的妻子。青青笑眯眯地接过女儿，亲了一下，然后回过头来向我们碰杯。奇怪的是，两岁的女儿是一个地地道道的中国女孩样貌，没有一点欧亚混血儿的外貌特征。当我满面笑容地向她敬酒祝贺演出成功时，我看到她的眼光闪了一下。四年了，我们的面容和身材都没有太多变化，我认出了她是"阿华"，她也认出了我是"雪莉姐"。

令我吃惊的是，阿华一点防备心都没有地拉住我的手，对我的朋友说，"我和雪莉姐认识的，"然后给我名片。难道她不怕自己与托尼的往事被重提？

一个星期后，我拨通了阿华的电话。

我们在一间咖啡馆见面了。

青青，这个当年的阿华，是在一年前与现在的美国先生结婚的。

"你怎么认识这位先生的？"我好奇地问。

"说来话长，"阿华告诉我，这位白人先生是她最初来美国时，在飞机上的邻座，叫威廉姆，在中美之间做服装生意。阿华在飞机上为了练习自己的英文，大胆的向威廉姆问各种问题，比如圣盖博市在哪儿，在哪里可以免费学习英文，而喜欢音乐的威廉姆也乐意与这位有歌唱家背景的姑娘说话。一来二去，他们就成了谈话热烈的朋友。飞机到洛杉矶时，他们留下了相互的电话。等阿华安顿好自己，想找学校上学时，拨通了威廉姆的电话。威廉姆介绍阿华去成人学校学习了会计助理课程，很快找到工作。有了经济支柱，阿华才得以到大学进修自己喜爱的音乐课程。阿华对威廉姆感激不尽，从此成为好朋友，慢慢的，阿华隐隐约约感到，威廉姆在喜欢她。可是阿华心目中的男朋友是她在朋友家认识的有点忧郁眼神的画家托尼，一个中国青年。

她和托尼迅速恋上了，同居了。威廉姆把阿华的男朋友也看做是自己的朋友，忠实地做她们两人的朋友。只要托尼一胡闹，威廉姆总是帮忙阿华找回托尼。托尼赌钱太多，阿华帮他还钱，家里有时连吃饭都有问题时，威廉姆借钱给她救急。阿华不想用威廉姆的钱，她怕还不起这份人情债。威廉姆总是说，"我的生意现在顺风顺水，给你救急的能力还是有的，等托尼将来好好画画，成名了，你再还我这份人情吧。"没有一点趁火打劫的意思。阿华心里把威廉姆当作自己的男闺蜜。

"托尼呢？"我问。

阿华告诉我，三年前，托尼离家去赌场时，她已经灰心，想从此离开这个让他痛苦不堪的小弟。偏偏这时，她发现自己怀孕了。以为有了孩子，托尼会从此收心，安安静静地与她过日子，哪晓得托尼回家后一听到阿华怀孕的消息，不但不惊喜，反而破口大骂阿华想用孩子来拴住他。阿华想等几天托尼的情绪从输钱的沮丧中恢复后，也许就能正常思维，没想到，托尼竟指责阿华的孩子是与奸夫的野种，而这个奸夫，就是阿华在飞机上认识的威廉姆。

当托尼一口咬定说阿华肚子里的孩子是威廉姆的"野种"时，阿华彻底失望了。她没跟托尼打招呼，第二天一早，提着自己的行李，离开了与托尼同居的那间小屋。

几个月后，她生下了托尼的女儿。

"你还爱着托尼？你这个傻丫头，生活不是艺术，是实实在在的东西。爱情是重要，但是良心更重要，你为这个没良心的男人生孩子，他会养吗？你的将来怎么办？"我忍不住数落起阿华来。

阿华又带孩子，又要上班挣钱养活自己，一时陷入困境。这时，威廉姆找到了阿华。

"阿华，如果你不嫌弃，嫁给我吧。你的女儿就是我的女儿，我会一辈子保护你们的。"

在最困难的时候，威廉姆的伸手，使阿华几年来对威廉姆的歉疚和感激彻底被融化成一片柔情。她带着托尼的女儿，嫁给了等待她几年的威廉姆。

威廉姆对阿华的女儿视如己出，在阿华身体完全复原后，鼓励她开自己的独唱音乐会，而音乐会的所有费用，都是威廉姆包干。

"阿华，感谢上帝，让你遇到威廉姆这么爱你的男人。你后来又遇到过托尼吗？"

"我刚开完音乐会，就在到托儿所接女儿的路上碰见了托尼。"阿华回答我。

"阿华，这个孩子是不是我的？"托尼满怀希望地问阿华。

阿华平静的回答；"这孩子是我的。"

"你告诉我实话，究竟是谁的？"托尼声音大起来。

阿华说："我从来都对你说实话，可是你不相信。现在我对你还是说的实话，你信吗？"阿华压在心底的怨恨开始冒出来。

"那你后来为什么不告诉我？"

"因为我确认你是一个没有担当，不懂珍惜的人。"阿华尽量压抑自己不要大声说话吓着孩子。

"总有一天，我会让女儿知道，谁是她的亲生父亲。"

"没问题，只要你不会让女儿觉得你是一个在困难面前抬不起头的男人，就大胆地来认女儿吧。"

"阿华，你这话有点狠呢，你不要这样刺激托尼。"我想起托尼在小旅馆暴怒的凶模样，担心地劝阿华。

"他如果不受一点刺激，永远都不知道自己是怎样刺伤别人的。"

"阿华，不瞒你说，当初在小旅馆时，我就觉得，你们也许分开了，反而会各自找到一条生路。你们都还年轻。"

"是啊，两个人在一起，只有爱情、没有面包是不行的，何况他来到美国，出现文化休克，找不到合适的工作，看不到前途，我给不了他一个走出休克期的办法，剩下的只是互相折磨。"阿华说到这里，眼中涌出泪光。

"想通了这一点，我也就释怀了。现在，我只是希望他重新施展他的才华，找到他最好的归宿。这样，也不至于女儿将来长大了，问起她的亲生父亲时，我无法说出他的真相。"

从此，我和阿华成了好朋友，看着她和威廉姆一天天把女儿带大。威廉姆真的做到了自己的承诺，把阿华的女儿当亲生孩子爱护，一家三口过着平静幸福的生活。

时不时也有托尼的消息传来：常常回国，在国内开画展，画风渐渐从晦暗变得清新明亮。也许，他记住了阿华的那句话："没问题，只要你不会让女儿觉得你是一个在困难面前抬不起头的男人，就大胆地来认女儿吧。"

或许，托尼和阿华只是在人生路上交叉碰撞了一下的两颗星，他们不能够同行，但是毕竟平行向前走着人生的路。

黑人房客

　　每逢周一，常常遇到一些让我头痛的事情，因为星期天临时代班的经理，为了早点儿客满，就胡乱收一些不好打理的客人，害我为了跟这些难缠的客人打交道费不少口舌。

　　一个冬天的星期一，我接了班，一查房间，发现楼下102房内住进一位新客人。问清洁工老陈看到过这个新客人没有，老陈幸灾乐祸地说："看到过，是个西装革履、很有教养的黑人。"然后一脸坏笑地整理房间去了。

　　我满腹疑惑，不对啊，这是华人区，很少有黑人来住店。倒是常有老墨（墨西哥人）来住旅馆，一来就是一大家子，开个破车，招摇得很。

我到102的停车位去看，也未见有车。西装革履？想起老陈那张幸灾乐祸的脸，我暗想：坏了，莫非来了个叫化子？等到中午十二点，我打电话到102房间去问客人是否续住，电话里传回一个苍老的、黑人口音很浓的男声：要续住，不用打扫。下午两点时再交房费。

客人回答得那么肯定，我也不好再抬出什么"十二点一定要交房费"的规章制度来为难他，只好静静地等待。两点时，我再打电话去问客人，可否来交费？客人说，可以，不过他不方便过来，让我去他房间取钱，我只好去了。

到了102房间，敲敲门，房门并没有象通常那样立即大大地打开，等了一会儿，听到里面有扣铁链子的声音，然后，门才在铁链的控制下裂开一道缝，门缝里伸出一只黑黑的、脏脏的、苍老的手，手里捏着几张同样肮脏的、卷得紧紧的钞票。我接过来，展开钞票，一张二十元，其余的都是五元和一元的小额票子，五十元，一分不少，听到我说OK，那门才缓缓地关上，并送出一句"谢谢"，随着房门的关闭，从门缝里冲出一股强烈的垃圾臭味。

我转身离开，心里顿时骂开了老陈，他若早告诉我是这么一个又脏又臭的客人，我会找借口请他走人的，这下好了，老板一来又要骂人了。我上楼找到正在做清洁的老陈，告诉他，102房的客人已交了房费，等会儿请他去打扫一下房间，门缝里飘出的味道实在不好闻。老陈一听傻了眼，他以为那老黑人一定会退房的，没想到他这么爽快地交了钱，给这种人打扫房间可是难事，不知房间会脏成什么样子。老陈无可奈何地瞪了我一眼："你怎么不叫他走，这么脏的客人，这个房间起码两天内卖不出去。"

"你不是说是个西装革履、有教养的人吗？人家又按规矩交了钱，一点没罗嗦，我凭什么赶他走啊？"

"你怎么死脑筋啊！看情况不对，就说这房间有人预定了，他又没交今天的钱，当然可以请他走人啊！"

"你不想清房间，早说嘛。为什么不告诉我真话？"

老陈气得摇晃着他大大的圆脑袋："哎！笨哪，笨！"转身又整理他的房间去了。我被老陈抢白了一顿，虽然气不过，但觉得他随机应变的点子确实比我多。

过了一会，老陈打电话来说，102房间的客人不开门，他只好不去打扫了。然后又反复叮嘱明天一定不能收他的钱，要他走。昨晚他来时推着一辆超市的手推车，堆满破烂，晚上不知又会招来几个同伙呢，这下子那个房间可够得收拾了。

第二天上午十点钟是可以给客人房间打电话的时间了，我先给102去了电话，告诉他这个房间已有人预定了，请他退房。老黑人说他喜欢这个房间，要住一周。可否把预定的客人换到其他房间去，因为先前并没有告诉他这个房间已经有人预定。听他说话，温文有礼，又懂得旅馆的规矩，我只好回答他，把这个情况告诉老板，再给他回话。下午两点，他又准时交了费，仍然是我从门缝里拿到五十元，还是一卷脏脏的，有点潮湿的，带垃圾味的零碎钞票。

夜班经理皮特是个香港人，来美三十年了，英语很好，以前做家具生意做得风生水起，在当地小有名气了，没想到一个大意，生意失败倒闭，现在只好到汽车旅馆值夜班，算是一份有睡觉地方的工作，白天到另一家公司打工，再挣另一份工钱。因为来美国时间早，英文流利，又有做生意的经验，所以，他对小旅馆的前台服务经验丰富。我就向他提到这个老黑人的事，请他跟客人好好交涉一下，希望这个客人早点搬出去。

皮特说，他认识这个黑人，其实他并不老，才五十多岁。以前也来住过，是个搞雕塑的艺术家。他的作品还不错，但是成不了名，作品没市场，渐渐地流落到街头。没想到竟沦落到了要推超市手推车，带着全部家当到处流浪的境地，令人惋惜。

我很不解地问："不搞雕塑，还可以做其他工作嘛！我们这些英文不好的新移民都能好好地生存，他土生土长的美国人，为什么就活得那么惨？"

皮特说："那就是他个人的事了，谁也不会逼他走这条路。"

第二天来上班，皮特告诉我，已跟老黑人讲好住到周末。也就是星期五，退房走人。我总算松了一口气。仔细想想，这个客人也没什么不好。每天按时交房费，也不多要求什么服务，既不出门，又没有杂七杂八的人来找他。若不是太脏太臭，我还欢迎他继续住下去呢！

老陈可着急了，每天到102房间的窗户往里看，窗户被报纸遮得严严密密，什么也看不见。老陈说，"完了完了，这下子房间肯定被糟蹋得不象样子了。"

有什么办法，老板也拿不出什么好主意来赶客人。别人又没违规，硬叫人走，那就是旅馆不守规矩了。

终于等到星期五，这天早上，一个年青的华人母亲带着她的混血儿双胞胎儿子从远郊开车来购物。她每隔两周总带两个可爱的儿子来华人商场买菜，吃中国饭，住一天，再开一个多小时的车回家去。每次来她总跟我聊聊天，然后和几个约好的朋友带着孩子去超市。她的双胞胎儿子只有三岁，一个黑头发黑眼睛，脸蛋红润，虎头虎脑，一看就知道是个欧亚混血儿；另一个金发碧眼，瘦削的脸颊，白白的皮肤，文文静静，做什么事都很自主，是典型的白人孩子。年青的母亲很心疼这对宝贝儿子，总是跟在他们后面，看他们追逐嬉戏。我给了他们楼上无烟房间的钥匙，让他们先进去休息一下。

中午十二点，102房间的门终于打开了，那位黑人房客缓慢地走出屋门，远远望去，就象一团影子，黑糊糊、乱糟糟，看不清他穿的什么衣服，他的手里，推着装满杂物的超市手推车。我站在办公室门口等他过来，可是他走得那么缓慢，一分钟走不了两步，我很担心他是否生病了，或者有伤在身？赶紧打电话叫老陈来看看，毕竟他是个男的。老陈从楼上探探头，说，"他来时就是这样，走得慢，没事儿，等着罢。"

好不容易等他走到了办公室的门口。突然从楼梯上传来一阵小孩子的跑步声和欢笑声，那对可爱的混血儿双胞胎从楼梯上跑下来，在门口大声招呼跟在后面的年青妈妈，要她快点追上他们，然后哥儿俩在院门口追逐着，呼喊着，过路的人看到这一对可爱的小孩儿都情不自禁地露出笑容。

这时，我眼角的余光发现那缓慢走过来的老黑人突然停住了脚步，再一仔细看过去，他竟蹲下了，隐藏在装满杂物的手推车后面，一动不动。

那双胞胎的母亲也下楼来了，一手拉一个儿子向停在院门外朋友的车子走去。母亲和孩子都没有发现在他们身后有一个形象恐怖，气味难闻的流浪汉。等到两个儿子向我挥手说拜拜，车窗摇上开走，我赶快回过头来，看到那手推车还一动不动地停在那里，我以为老黑人躲到车库里去了，正想到车库去看看，这时，手推车后面探出一个戴着棉帽子的头，是他，那个黑人房客！

他慢慢看了看院子里，确定没有孩子了，才缓慢地站起身来，向院子外走去。这次他的脚步加快了很多，经过我面前时，他用平静的语气告诉我，房门钥匙留在他的房间里了，谢谢几天来的关照。我向他微笑，礼节性地说谢谢，我一会儿就去房间取钥匙。他用温和的眼光看了看我，加快步伐，很快走出了大门。这时我才看清他的穿着：一身破破烂烂的棉衣棉裤，脱了线的补丁东一片西一片地随风飞舞。头上帽子外面还裹着层层围巾，只露出两只有生命的眼睛和嘴巴。两脚没有穿鞋，用破布片包了一层又一层，厚厚的，肿肿的，走起路来无声无息。

他路过我面前时，留下了一股比垃圾还要难闻的恶臭，我循着臭味，来到手推车刚才停过的地方，赫然发现地上有一滩脓血！这是那黑人房客的脚流出来的脓血！并且在他走过的路上，都有零零星星脓血滴下的痕迹。依我猜测，这黑人脚上的脓疮一定不轻。看他包裹得那么紧，一定病情很重，若不是病重，他不会花那么多钱来旅馆里住上一周的。想到这里，我赶快追出门外，但已见不到他的踪影。

老陈这时大呼小叫地招呼我去看102房间，我进房一看，床单不脏，也没有脓血，毛毯也没有少。但房间里有很多纸灰，老陈叫我去看洗手间。哇！洗澡池里有一大堆烧过的黑纸灰。原来这个黑人在这里烧废报纸取暖，他为什么不开暖气？老陈说，大概是习惯成自然，烧惯了废纸取暖罢。

我怕其他客人报怨，赶快用水龙头冲洗了整个大院。晚上皮特来接班时，也闻到空气中的异味。他摇头说，不明白这个黑人为什么不去医院，象他这样的穷人，医院有责任治疗的。

我问皮特，为什么他害怕看到小孩？皮特说，不是他怕小孩，而是小孩看到他会受到惊吓，所以他要把自己藏起来。大门口进出的人多，他怕吓到其他客人，所以很快走掉了。

噢，原来是这样。

很长的时间里，我会常常想起这个黑人房客。他突然蹲下，藏在手推车后面，躲避那两个小孩的情景，始终留在我的记忆里，心里有一种说不清、道不明的难过。

父子情仇

　　常常在小说里，电影上，看到描写父子情的故事。"情同父子"，常常被用来形容两个不同年龄的人关系很好，而我在旅馆里，却真真实实地看到一对情同仇敌的父子。

　　这对父子，儿子叫司蒂文，父亲姓郭，是一家大银行的经理。司蒂文是个二十六七岁的年轻人，瘦削的，略带苍白的脸上嵌着斯文清秀的五官。他初来登记时，说话声音轻轻的，眼光有点怯怯的，一口台式国语，像是刚从台湾来美的留学生。

　　他说有事要办，需长住，如果有好价钱，他想包一个房间，住三个月，让我问老板，最低价格可以优惠到什么程度。很快，老板回答说，不管住多久，仍按住一周的最低价收费。司蒂文没有纠缠着讨价还价，稍微犹豫了一阵，就填了登记表。我按他的要求安排他住到了楼上靠后楼梯的217房间。217房间紧挨老陈的住房。老陈一见隔壁住进一个斯文秀气的青年，也很高兴，以往他的隔壁总是住进一些老墨，一两天就走，每晚寻欢作乐，音乐声开得震动墙壁，喝酒声，唱歌声，做爱声，扰得老陈叫苦连天，常常怪罪前台，没有收好客人给他做邻居。

司蒂文却很安静。老陈说，晚上他也能听到轻柔的音乐声了，而且常常是古典音乐。司蒂文又很有规律地外出：中午饭十二点，晚饭六点，吃完就返回房间，并且提着一个塑料袋饭盒，大约是留着做宵夜或第二天的早餐吧。

只有早晨，他偶尔来接待室煮一杯咖啡。除了续交房费必须和我说话外，也不多话。我见他是个内向的人，也就不主动向他搭话。只是当他进出大门路过接待室门口时，向他点头致意一下。我像老陈一样暗自庆幸收了一个安静的客人。

司蒂文一周一周地按时交房费，转眼过了六周。第七周的房费又该交了，他从房间打了个电话给我，说晚上有他的阿姨来帮他交房费，请我留意。做夜班的皮特要忙自己的生意，晚上该六点接班，也常常拖到八点甚至十点，他央求我多顶几个钟头，我也就答应了。反正孩子大了，先生自己会做饭，我乐得多赚点钱。这天晚上快八点了，司蒂文的阿姨来了，是一个保养得很好的中年妇女。看她衣着打扮，应该是个白领职员。我给她开收据时，因要写她的名字，问她如何称呼，只见她稍稍迟疑了一下，说："你就叫我郭太太吧。"临走时她给了我一张名片，名片是她先生的。先生姓郭，是一家大银行的襄理。她很周到地在名片背后写下自己的手机号码，然后有礼貌地告诉我，如果有什么问题，可随时打电话找到她们。司蒂文的房费以后就由她负责来交了。

到了下一周，郭太太又是晚上七点钟来交房费。她问我能否便宜点。司蒂文已经住了两个月了，一般旅馆住一个月都会有10%到20%的折扣，我为难地回答她：老板不答应。因为这个旅馆生意好，老板不太情愿收长住的客人。她很理解，不再强求，然后拿出300美元交给我，让我转交这笔钱给司蒂文。我让她写了张条子，写明钱数，我签了字，然后装在一个信封里，答应尽快交给司蒂文。等郭太太走后，我打电话请司蒂文来柜台取他阿姨留下的钱。司蒂文取了钱，在字条上签了名，说声谢谢，回房间了。

再过一周，郭太太交房租后又委托我转交一笔钱给司蒂文，这次是250美元。我仍请她写了字条，由她和我签了名。但这次我隐隐觉得，郭太太不是忙，而是不想见司蒂文的面，所以让我来完成这件差事。果然，司蒂文下楼来取钱时，脸上露出不高兴的神情，他问了一句："她没有说为什么只有250元吗？"

我回答："没有。"不敢多说一个字。我意识到自己无意中卷入了一场纷争。幸好我每次有一张字条证明，我只是如数转交了钱。

老陈每天早晨都来前台办公室煮自己的早餐，一边吃早餐，一边和我聊聊客房和客人的事情。这天他来吃早饭时，我向他提起这事。他说："你要小心，司蒂文有点不正常，我怀疑他吸毒。他越来越不愿开门让我清理房间。每次进去总觉得他房里有那股刺鼻呛人的怪味。"

一听到司蒂文可能吸毒，我的头皮顿时麻了一下。我来旅馆的第三天，看到的那个吸毒青年，被警察绑在担架车上推走的情景，马上在我脑子里清晰浮现。我问老陈怎么办，老陈费劲地咽下一大口饭，扭头盯着我，一脸不屑地说："怎么办，赶他走呀！"

"说得轻巧，像根灯草，又不是赶鸭子。"我轻声地用家乡话嘟哝。

老陈扭头盯着我，口里又含了一大口饭："那你说怎么办？"

"所以我问你呀。"我与老陈共事三年，已经很熟了，说话也就不客气了。我们都想不出好办法来。

很快又到了交房费的时间，郭太太还是晚上七点钟来交费。我为难地请她自己把钱交给司蒂文。郭太太上楼去了，大约20分钟，她匆匆忙忙开车从后院到了接待室门口，快步进门，把信用卡递给我，说了一句："你先收两周的钱，我明天来取信用卡。"语音未落，她人已进了车，迅速发动，开车走人。

我正吃惊她何以如此匆忙失态，就见司蒂文咚咚咚地跑下楼来，出现在门口，手里握着一把明晃晃的、长长的西瓜刀，脸上带着杀气，大声问我："那个娼妇跑到那里去了？"

我倒抽一口冷气，腾的一下从座椅上弹起身来，恐惧地看着他。这个平日里安静斯文的年青人，今天怎么变成一个持刀追赶妇女的凶神，我不知他要干什么，只是定定地看着他手中的刀。司蒂文大约意识到了自己的样子够吓人，低头将西瓜刀收到衣服里盖好，抬起头来，眼神变得柔和一些了。他问我："我阿姨刚才给你说什么了？"

见他语气和缓些，我也略微恢复了镇静："她说明天来帮你再付两周的房费。"

司蒂文听完后，大声地对我说："我不要她可怜我，她有责任帮我付钱！她欠我的钱，她欠我很多钱！"司蒂文的情绪又失控了。我担心他再抽出刀来，赶快靠向柜台的转角处，这个地方稍宽一点，如果他向我动刀子，我也有空余地方躲闪。这时正好有客人经过门口，我乘机大声招呼那位客人："哈罗，王先生，这里有你的一封信，可以来取一下吗？"然后向司蒂文轻声说道："司蒂文，有客人来了，你先回去休息一下，好吗？"

司蒂文转身看了一下门口，王先生已经跨进接待室门口，再看看我，大约看不出我有任何不诚恳的意思，慢慢地转身出门了。在他抬腿出门的一刻，我发现他的皮鞋后帮被他自己踩塌了，步态有点跛。而他平时总是穿戴整齐，走路不带摇晃的。

我赶快打电话告诉老陈，要他注意司蒂文的情况，怕他身上的刀露出来，就麻烦了。老陈说："叫你赶他走，你不赶，现在有麻烦了吧！"我没心思跟他拌嘴，放下电话，想给林老板打电话，但一想，林老板是个胆小如鼠的人，遇到这种恶人，他只会要我们这些打工的人处理，自己是不肯出面的。

幸好皮特及时来接班了，我告诉他事情的经过，希望他明天早点来，我不知道司蒂文会干什么傻事。皮特说，不要害怕，明天他问问那个阿姨的情况。

第二天下午，不到六点钟，皮特守信用早早赶来接班。郭太太也正好在这时来到了旅馆。皮特向她谈起头一天她走后发生的情况，希望她了解旅馆的难处，郭太太流下了眼泪。她说，司蒂文是她丈夫与前妻所生的儿子。因为前妻恨丈夫与她离婚，长住美国不回台湾，从小就给司蒂文灌输仇恨父亲的意识。在司蒂文读初中时，前妻将儿子送来美国要丈夫抚养，她仍旧回台湾常住，但不断地来看司蒂文。司蒂文渐渐长大，与父亲的关系也越来越恶化，只好搬出去住，才能平息父子之间不断发生的战火。司蒂文在外租住的房费和生活费用一直由父亲负担。这次住进我们旅馆，也是司蒂文自己挑选的地方。她只管帮丈夫来付房租和交生活费。司蒂文长期不工作，不挣钱，全部费用成为他们夫妻俩的沉重负担。所以她跟司蒂文商量减少生活费，或搬出旅馆，在外租一房间，月租会便宜一半，但司蒂文不肯，一定要让他们难过，他才高兴。

郭太太说，她不能预料将会发生什么事，但如果司蒂文真是触犯了法律，旅馆该怎么办，他们都不会怪罪我们。

司蒂文触犯法律？司蒂文这样瘦弱，充其量拿刀吓唬家里的人，他会干出什么违法的事呢？我回忆起司蒂文拿着西瓜刀，恶狠狠的眼神在生人的惊恐中变柔和的情景，不太相信他会干什么出格的事。只是郭太太的话中似乎暗藏着她不愿意向外人道出的隐情。我和皮特安慰着郭太太，送她出了门。

回来后我问皮特，司蒂文大概会出什么问题？皮特算是美国通了，在旅馆的时间比我长很多。他说，可能问题出在司蒂文的吸毒上。"你怎么知道他吸毒？"我很诧异皮特的观察力。

皮特说，司蒂文有一副干瘦的身体，苍白的脸，加上成天关在房里不出门，很象一个吸毒的人，更何况老陈还闻到烟毒味。皮特要我留意，多去217房看看，怕他一个人关在里面吸毒过量，抢救不及时，就会给我们惹麻烦。

我听后有点担心起来，吸毒过量？这事千万别发生在我当班的时候啊。

第二天，司蒂文到办公室来取水，我主动与他搭话了。我想也许有外人与他交谈交谈，他的情绪会好一些，或者言谈中流露一些情绪，知道他究竟会出什么问题。

"司蒂文，"我先开口问："如果你单租一个套房，一个月的租金不会超过600美元，这不是比住旅馆便宜很多吗？"司蒂文警惕性很高地看了我一眼，问道："是不是我阿姨给你说什么了？"

"她没有说什么，交了钱就走了。"我不能如实告诉他郭太太昨晚的一席话。

司蒂文说："那个女人是夺取我妈妈的位置的娼妇。她唆使我爸打伤我的腿，害我终身残废，我要他们一辈子都为他们的罪恶后悔！"司蒂文说着说着就发起狠来。

"你的腿？"我吃惊司蒂文的腿曾经被伤害到残废？"是啊，我五岁时我爸从美国回台湾跟我妈离婚，和我妈打架时，把我的腿也打断了。"

啊？父亲把儿子的腿打断，这是怎么回事？"会不会是误伤？他是你的亲生父亲啊。"我想缓和一下气氛。

"他是故意的！他为了跟这个娼妇结婚，想断我妈的后路。好狠毒啊，我这辈子与他誓不两立。"司蒂文满眼都是怨恨，手也抖起来。

话谈到这里，已无法进行下去，我作为一个前台经理，已与客人谈得太多了。

司蒂文离开时，步态明显的跛起来，我仔细看着他的步态，搞不清他是真跛，还是装跛。

司蒂文在房间里关着的时间越来越长，但我感觉到，他的怒火越烧越烈。因为从电话总机的显示屏上可以看到他的房间的电话常常一打就是几十分钟。终于有一天，217房间的电话在结束一次长时间的使用后，重重地在电脑打印机上打印出一条账单：210美元。从电话号码上看，是由217房间打到台湾去的。我马上关闭了217房间的电话线。并打电话告诉司蒂文，因为电话费大大超过押金数目，按规定我只好关闭电话线，如要再开通，除非交清这笔钱，并重新放押金。

旅馆定的这条规定，常常遭来客人的不高兴。如果超支少，我们及时通知客人结账，麻烦会少一些，如果一次超支多了，客人会大光其火，要求查账，甚至死不认账。司蒂文这几天情绪不好，一下子超这么多电话费，他肯定会发火。我心里忐忑着，但又不得不按制度办事。

司蒂文果然发火了，他让我向他的阿姨要钱。他说，他阿姨的信用卡号码我知道，刷就是了，为什么要关闭电话线？我说信用卡号码我有，但因他的阿姨只同意用来交房租。电话押金是20美元现金。所以必须阿姨同意了，我才能刷卡。司蒂文在电话的那一头沉默了一下，然后说："你等着，我会叫阿姨给你打电话。"

过了约半个钟头，郭太太来电话了，同意用她的信用卡付电话账单，话语中透着无奈。我立即刷了卡，结了这笔账，然后告诉司蒂文，账已付清，电话线也开了。我试探着问司蒂文：如果用电话卡打国际长途，刚才那通电话只需几毛钱。直拨国际长途，旅馆会收手续费，昂贵很多。如果他愿意，我手头正好有一张电话卡，可以让他用。司蒂文听后又沉默了一下，然后问我为什么帮他阿姨省钱。

这回轮到我沉默了。老板曾有规定：不准向客人推销电话卡，因为客人不用电话卡，老板就可多赚电话费。也曾有卖电话卡的公司来动员我帮他们推销电话卡，顺便我也可以为自己赚些零用钱。但我天生不是推销人才，一想到要赚别人的钱就说话气短。手里捏着10张电话卡，自己用了两张，其余的再不及时推出，就要过期作废。今天司蒂文超出这么多电话费，很可能成为他们父子之间战争的导火线，所以我主动推销起自己的电话卡来。我说："司蒂文，20元钱的电话卡，你可以打很多电话，你少了麻烦，我们也少了麻烦，大家方便，不是很好吗？"

司蒂文想了想，答应了。我怕他变卦，急忙把电话卡送到217房间去。司蒂文只开一个门缝，接过电话卡，道了声谢谢，就关了房门。我回到办公室，看到217房间的电话又在使用中，只是电脑上打出的账单没有高额电话费出现了。

下午快下班时，郭太太又来到旅馆。她委托我转交200美元给司蒂文。我立刻告诉她司蒂文现在同意用电话卡打电话了，但是一旦电话卡用完，怕他再超支，我会提前关闭他的电话线，请郭太太和司蒂文能谅解。我这样做也是为了避免麻烦。郭太太很体谅我的难处。她说如果电话费再超支了，她们会如实付钱。只是司蒂文这样的花费，她很头痛。她怀疑是司蒂文的生母又在给儿子火上加油地教他如何对付他们了。

我想知道司蒂文的腿究竟是怎么回事，就向郭太太提起看到司蒂文走路有点跛行，可是他刚来住店时没有发现他的腿有残疾呀。

郭太太说，司蒂文五岁那年，郭先生回台湾，与前妻商量离婚，发生争吵，司蒂文看到父母抓扯的样子，心里害怕，上前抱住妈妈的腿，力气小，抓不稳，一下子把小司蒂文甩出来，五岁的孩子在楼梯口没站稳，从楼梯上滚下来，两个大人听到孩子的惊叫声，追下楼来，孩子已摔断了一条腿。司蒂文的母亲从此以后就说是郭先生打残了儿子。郭先生看到儿子腿骨折了，心痛万分，为了补偿自己对儿子受伤的愧疚，同意前妻的要求，把儿子接到美国来上中学和大学，想化解父子间的怨气。司蒂文的性格比较内向，在外面没有朋友，唯一愿意倾诉的就是他的生母。可是他的母亲不但不鼓励孩子与生父的新家庭融洽相处，早日学到自立于社会的本事，反把儿子当作向前夫报仇的工具。司蒂文大学勉强毕业后，不到外面找工作，一心要分父亲的家产，把他的腿治到一点都不跛，才肯罢休。他的腿其实并不妨碍他找工作，跛行也是随着情绪变化而变化。郭太太说，真不知这笔孽债要还到何时才是个头。

听完她的诉说，我才明白这个家庭的难题。我开始同情郭太太和郭先生，最不能理解的是司蒂文。司蒂文算是在美国长大的年青人，思想为什么闭塞到如同乡下妇人。我觉得不可思议。

我让彼得把200美元转交给司蒂文。我怕司蒂文对我又大吼大叫。

司蒂文已有一个星期不下楼了。老陈这天告诉我，司蒂文已有五天不开门让清理房间了，只是偶尔叫一个外卖送去。我其实也天天提心吊胆地注视着他的房间，每天也会挂一个电话问他要不要开水或咖啡。只是近两天，他的电话基本处于挂不通状态。其他住房客人也有一个星期不让清理房间的，但客人的生活都很有规律，司蒂文一个星期不出门，我和老陈都担心他会出什么事。

今天老陈再次提起司蒂文不开门清理房间，我只好硬着头皮上楼去看看了。来到217房的门前，我敲敲门："司蒂文，你在里面吗？我是雪莉。"

没有人回答。

我再敲门："司蒂文，你一个星期不让清理房间，房里一定脏了，让我们为你打扫一下，行吗？"

还是没有人回答。

我怕司蒂文听不清，就到玻璃窗前敲敲窗子："司蒂文，你有什么难处吗？我可以帮你吗？你回答我一声，好吗？"窗子里挂着厚厚的窗帘，遮得严严密密，纹丝不动，没有人应声。

我有点急了，用手拍着门，大声说道："司蒂文，你在里面吗？你不要吓唬我呀，你是不是生病了？"

依旧没有回应。

我再用力拍拍门："司蒂文，你开门让我看看房间好吗？一个星期不清扫房间，旅馆规矩是不允许的。你让我看看房间，只要不脏，我就不打扰你了。"

等了一会儿，我听到门锁轻轻响了一下，门缓缓开了一道缝，我急忙用脚顶住微微启开的门，用手轻轻推了推门。司蒂文已经在里面将锁链扣上，门仍打不开，但可以露出一道门缝了。

我从门缝往里瞧了瞧，里面光线很暗，看不清什么。我隔着门缝向里面大声说："司蒂文，我看不清，你把窗帘拉开一下好吗？"厚重的窗帘被缓缓拉开一个小角角。我从门缝再往里看，可以看到正对门缝的床上凌乱地堆着毛毯和床单，白床单上隐约可见一些大片的黑斑，怎么回事？我定睛仔细一看，是血迹！

我吓得往后一退，眼光无意中扫到门前，赫然看到门前地毯上插着一把明晃晃的刀，在门缝里透进的阳光下闪着寒光！那把司蒂文曾经吓唬他继母的西瓜刀，长长的，弯弯的，锋利的尖刀！我倒抽了一口冷气。这把西瓜刀干了什么事？它为什么在门口的地毯上立着？是司蒂文杀了人，还是司蒂文被人杀？我冲上前，拼命撞了一下门："司蒂文，你怎么了，求求你，你开门好吗，你千万不要干傻事呀。"

门缝缓缓地变窄，很有力道地关上了。

我回头看看早已赶过来准备帮忙的老陈，一阵寒颤直冲牙关。

"怎么了？"老陈大约见我脸色不好，大声问道，随手把身后铁把扫帚横到胸前。

"刀！那把西瓜刀栽在那里。"我指了指门口。

"你说什么？"老陈平时耳朵有点聋，一急就聋得厉害。

我顾不得跟他解释，返身冲到门前，用手上的大串钥匙砸起门来。"司蒂文，开门哪，你开门呀！"任我怎么敲，门已关得紧紧，纹丝不动。

"完了，"我浑身打着冷颤，转过身来，看着老陈。

老陈直问："怎么回事？怎么回事？"手里横着那把可以作武器的铁杆扫帚，一副随时可以打架的阵仗。我脑子一阵混乱后，想想，只有向警察求救了。于是，三步并作两步往楼下跑，一边跑一边对跟着我跑下楼的老陈说了刚才看到的情况。进了接待室，我抓起电话就拨警察局，警局的值班员听了我的报案，立即叫我等着，他们马上会赶到，并在电话里安慰我，叫我不要害怕，他们会保护我。听到电话里沉着亲切的话语，我打了结的舌头才慢慢松弛下来。

不过两分钟，就听到警车和救火车的鸣叫声由远而近的来了。

三辆黑白色相间的警车鱼贯来到旅馆大门外，后面紧跟着两辆红色的大救火车。车上迅速跳下一群全副武装的警察。领头的警察是个高大威武的中年人，他简单向我询问了一下情况，要了217房间的钥匙，带头向后院走去。警察们分散开，似乎有他们自己的队形，尾随在后。我和老陈也随着他们上楼，来到217房门旁。那位警官示意，让我和老陈靠后一些，其余的警察上前挡在我们前面。高个子警官敲敲门，向司蒂文自报家门，然后要求司蒂文打开房门。司蒂文终于说话了，以流利纯正的英语回答警察的问话，但还是不肯开门。高个子警官以平和的，但却不容置疑的口吻要求司蒂文开门。等了片刻，司蒂文缓缓地打开了房门，几个警察立即闪身躲开门口，掏出手枪，直指打开的房门。

司蒂文举着双手走出房门。

一个星期不见，司蒂文脸色苍白得像一张白纸，身体瘦得像一把干柴，白衬衣撕破了，扣子也脱光了，蓬乱的头发象一堆干草。往下看，他的牛仔裤上沾满黑色的，已凝固的血迹，右裤腿及臀部几乎全被血液浸透，变成一块硬硬的裤筒。

高个子警官和另一个年轻警察迅速进入房间搜索，另两名警察同时抓住司蒂文的双臂反扭向后。司蒂文一下栽倒，跪在门外的走道上。高个子警官很快走出门来，厉声对司蒂文发问："你房间里的刀子是怎么回事？你身上的血迹是那里来的？"

司蒂文垂着头，不哼声。我紧张地看着他，生怕从他嘴里听到什么不祥的字眼。

高个子警官见他不回答问题，略为提高了声音，语气显得更严厉："司蒂文，你必须回答我的问题。"

司蒂文抬了抬头："那把刀是我自己的，我用它扎了自己的大腿。"

"几天了？"

"两天了。"

两名抓着司蒂文的警察立即把他放到过道的阶梯上坐好，另一个警察不知从那里拿出一把剪刀，三下两下就剪开了司蒂文的两条裤管。只见司蒂文的右大腿上有一条长长的，红肿的刀伤。牛仔裤因了血液的凝固，把伤口周围和臀部都粘住了。两位警察不停地接过同事递过来的药水，清洁着模糊的伤口，直到确信没有更多的伤口，才简单包扎起来。

我虽在医院工作过，也曾包扎过无数伤口，但这样看警察为一个嫌犯处理伤口，除了电影，还是头一次亲眼目睹，我不知不觉抓紧了自己胸前的衣服。

救火车上推下来一辆担架车，司蒂文被轻轻地，迅速地安放在车上，并被绑上了两条皮带，警察们送走了司蒂文。

高个子警官走过来对我说，"司蒂文是个吸毒者，他服毒过量自残，造成了对你的惊吓。我们现在把他送到戒毒所去，谢谢你及时报案，如果再晚一两天，后果不堪设想。"

我和老陈查看217房间，发现地毯被烧得到处是黑洞，床也被刀刺得破破烂烂。棉絮和泡沫从破损的刀口钻出来。毛毯和床单被刀划得支离破碎。司蒂文已陷入了疯狂。

司蒂文的父亲郭先生，带着郭太太来收拾儿子留下的杂物。老板要求他们赔偿地毯和床垫的损失，郭先生一声不响地刷卡赔了钱。

临走时，郭先生一再向我致歉。看到他不过五十岁的年纪，就已花白了头发，瘦小的身躯似乎已经受不起更多打击的样子，我不禁鼻子有点发酸。这时我才明白，郭太太当初为什么说司蒂文可能触犯法律。

而在我眼里，司蒂文原本应该是个斯文，善良的青年，他可以有一个阳光灿烂的青春，但是毒品把他害了，怨恨把他毁了。

王杰— 雷锋—陈二

　　我很喜欢当下中国大陆的一个电影男演员孙红雷，模样长得亦正亦邪，演起戏来有声有色，是个难得的好演员。每当看到他的戏，我便会想起在小旅馆见到的一个客人：小平头，高个子，小眼睛，走起路来满不在乎的样子，很像孙红雷。这个人第一次来登记时填写的名字叫"王杰"。

　　我抬头仔细打量着这个跟解放军战士"王杰"——就是那位英勇救战友，牺牲在手榴弹的意外爆炸中的"王杰"同一个名字的小平头，不明白他为什么把驾照号码填得那么龙飞凤舞。看他一双小眼睛盯着我看看，又盯着登记卡看看的模样，似乎挺老实。我请他出示一下驾照，他拿出来在柜台上一放，真是姓王。没等我看仔细，他掏出百元大钞，啪的一声蒙在驾照上，说："我付现金。"普通话中夹着湖北腔。

老板交代过，付现金的客人要优先照顾。我看他是个干干净净的人，也不在房价上说三道四，就没多问，把房门的钥匙给了他。事后证明，他果然是个爽快的人，按时付钱，房间干净，电话账单也从不一条一条查对，每天给清洁工的小费照规矩放在枕头下，老陈对他特满意。

　　只是他每次离开时，都是不打招呼的。我一大早来接班，常见他的房门已被值夜班的皮特打开，在透新鲜空气了。半年里，王杰常常这样三天两头地来住店，与我有点熟了，有时就打电话来订房，虽然没有付订金，但我也会按他的需要，给他留一个房间，因为他的信誉好，从不欠债。

　　看他来去匆匆，偶尔我会问他一声："忙啊？"他也会客客气气地说："是啊！赚钱不容易啊。"

　　有好几个月王杰没有来住店了，直到有一天早上我接班时，他突然拿着钥匙出现在柜台前结账。我找出他的登记卡一看，客人的名字大大地写着："雷锋"！我看看王杰，再看看登记卡，忍不住噗嗤一声笑出来，抬头问他："你不是王杰吗？"

　　这位明明是王杰的"雷锋"，双眼笑成一条缝："那是我朋友，他先走了，我来结账，可以吧？"我点点头，心里闪过一丝警觉，这大概是个不愿暴露身份的人，而不愿暴露身份的人，总有点麻烦隐藏在身后。他可千万别给我惹麻烦啊！

　　我微笑着为他结了账，退回押金，他客客气气地拿出10元钱放在柜台上，说："请你吃早点，改天请你和老陈吃饭。我是武汉来的，听说你是四川人，我们应该是老乡了。"客人给柜台小费的不多，像这种不好好登记表格，却又大方给小费的就更少。

我满腹狐疑。

终于有一天，老陈神神秘秘地对我说："你知道那小子做什么生意的吗？"

"什么生意？"我问。

老陈孤身一人在美国，做工、吃饭、睡觉、逛街、总是一个人，所以凡是能说话时，尽量找人说话，时间长了，变得像个话包子。

"贩毒的。"

"你怎么知道？"

"你自己上去看看好了。"

"你看到什么了？别吓唬我。"老陈婆婆妈妈的神秘劲儿常常让我觉得他不像个男人，于是说话就不耐烦。

他说："那小平头一个人坐在床上，地下坐着一圈儿老墨听他训话呢！"

"那也不能肯定是贩毒的，兴许是找打工仔的呢？"我反驳老陈。

老陈说："我不懂英语，你自己上去看看吧！你一看就明白了。"

我假装给客人送开水，提着一个热水瓶上楼去。经过王杰的房间时，透过窗户，真的看见王杰穿得周周正正地盘腿坐在大床中间，一双干干净净的皮鞋稳稳穿在脚上，仿佛随时可以跳下床来，开门走人。围着床边的地毯上坐着五六个老墨，全是男的，仰着头听王杰讲话。平常湖北口音明显的王杰，这时竟操着熟练的西班牙语夹杂着英语在给他们讲话，看我从窗前经过，也不发怵，仍自顾自地说着，那些老墨，穿着都不像是有正当职业的人，有一个瘦得很像吸毒的瘾君子。

我也听不懂他们在讲什么。但老陈在小旅馆工作年头比我长，吸毒贩毒的人，他见得多了，他的猜想也许有一定的道理吧。

第二天一大早，老陈气冲冲地拿著王杰房间的钥匙来到前台："我猜中了吧，你还不信呢。那小子不知什么时候走的，把我们的电视机偷走了。"说完啪的一声把钥匙扔在柜台上："看你怎么向老板交代。"

我一听也傻了眼。老板是个周剥皮式的人物。没事还找我们打工仔的岔子，这下少了一台大电视机，还不逼着我这个前台服务员赔呀。他的理由是：你不小心点儿，收了坏客人来，损失当然要你负责。我们虽然没有真正赔过，但也常常为此受气。果然，林老板很快把前台接待室的电视机搬到王杰偷走电视机的房间去，免得新来的客人不高兴，又让我把丢了的电视机追回来。

我正每天从电视里看一个学英文的节目，为了不间断学习，只好从自己家里搬来一台电视，放在接待室公私兼顾。三个月过去了，老板根本没有再买电视机的打算，我每天都用自己的电视机为客人放节目，调频道，家里的先生和女儿没有了电视看，也常常提醒我早点把自家电视机带回家。终于有一天，我又从登记卡里看到了"雷锋"的名字。打个电话到"雷锋"的房间去，一个操着湖北口音的说普通话的人接听了电话。

是他，"王杰"！

过一会儿，王杰下来拿咖啡，我毫不客气地提起上次他房间丢失电视机的事。他瞪著一双单眼皮的小眼，小平头的头发似乎也根根竖起来："什么？把电视搬走了？他妈的！这群贼胚子，就喜欢顺手牵羊。我还特地交代了三大纪律八项注意呢！

我沉着脸看着他，心想："演，你演啊，看你还说什么台词出来。"

王杰一手端著咖啡，一手指着门外："这种人，你教给他一个正当生意，他都做不好。偷电视机能发财吗？"

"他们既然是你的朋友，你就叫他们还回来吧。我现在是用自己的电视机在这儿上班呢！"我收起自己的怒容，放软声调，想感化一下他。

"小事一桩。下次我把我家的电视搬一台赔给你。老墨那儿的是追不回来了。"他一边喝咖啡一边向门外走。走到门口，突然转身回来，盯着我认真地看了一眼："你没有那么穷吧，家里只有一台电视机？"

"我才来美国不久，当然只有一台自己买的电视机。从别人那儿捡来的，也全是穷朋友淘汰的，看不了几天，要么出图不出声，要么出声不出图，全成了残废机子。"王杰听完，哈哈大笑，问："你们老板真那么损？这种破电视机，到大旅馆去买淘汰的二手货，也就十块二十块一台。"

这时，老陈抱著两床新毛毯进接待室来，兴冲冲地说是林老板刚刚送来的，正好可以补上前两天被客人偷走的那个房间的毛毯了。

我小心地问老陈："老板没叫你赔吗？"

"赔？赔他娘个屁！这种事在小旅馆属于正常消耗，再赔，老子不干了。"听老陈发完牢骚，转身再看，王杰不见了。

过了几天，王杰果然叫一个老墨给我搬来一台八成新的18寸电视机。那老墨说，他的老板特地交代，这台机子一定要交到我的手中。

这以后，偶尔见他带一班老墨朋友在晚班的时候来住宿，登记的名字不再是王杰或雷锋，换了一个新的名字："陈二"。

陈二房间里偶尔丢失的东西不再是电视机而是新毛毯了。我想，大概是他警告过，电视不许碰，毛毯可以自由发挥吧。由于他每次来住店给老陈的小费都比别的客人多，所以老陈对他也特别照顾，比如总给他换新毛巾，新床单，新毛毯丢失了也绝不说是他房间丢失的，只是向林老板报失要新的就是了。

尽管这样，老陈始终咬定他是个毒贩。

过了一段时间，有一天我在白天看到他了，和一个高大的白人走在一起，经过接待室门口时，见我在看他，抬手向我挥了挥，匆匆离去。我看那白人有点面熟，仔细回想，像是前一段时间来柜台要求查看近三个月的登记表的FBI的探员。对，是他，这位FBI当时和另外一位探员一起，进来接待室，向我亮出证件时，着实把我吓了一跳，他们那一次是来查询住店客人的登记记录的，估计是在查找什么嫌疑人。现在"王杰"和FBI走到一起，而且神态自若，边走边谈，我有点纳闷，他究竟是干什么的？

第二天一大早，我来接班时，值夜班的皮特告诉我，对面那家小旅馆，昨晚被警察包围了，抓走了十几个人，听说是缉毒。我心里一惊，头一天"王杰"与FBI同时出现的情况在我脑子里出现，莫非他昨天和FBI走在一起是被抓走了？

不像啊，警察抓毒贩我见过，没有那么轻松的毒贩，边走边跟警官说话，还敢跟旁人打招呼。

大约半年以后吧，"陈二"的登记卡又出现了，但是我没有再见到过他。老陈也很少看到他，只是仍然从他的房间里不断得到富足的小费。

过了很久，我和老陈聊起这事，老陈仍然说，王杰是个贩毒的，我却一直希望他是个"无间道"。

十多年后，我和朋友去洛杉矶会展中心看一个秀，那位红极一时的男明星，"雷神"的扮演者出场时，我看到在涌动的人群里有一个熟悉的面孔一闪而过，咦，那不是王杰—雷锋—陈二吗？陈二很快发现了我的注视，回过头来仔细看了看，看到了我的注视，将棒球帽沿轻轻一拉，然后回身与他身边的两位高大健壮的穿运动装的男士前后脚离开了会场，看着这三个轻便装束的男子，我突然想起在小旅馆见过几个FBI探员高大、帅气的模样，就是他们！陈二与他们是同事，他依然保持着神秘的姿态，做着神圣的工作。

两位陈先生

百家姓中的"陈"、"林"在台湾是大姓，台湾百姓有"陈林满天下"的说法。来小旅馆住的台湾客人姓陈的确实多。有两位陈先生，一位陈家财，一位陈天飞，给我留下长久的的记忆。

两位都是台湾土生土长、热爱台湾，并把大陆人统统视为"共产党"的大叔。开始住店时，都对我备存戒心，后来，他们和我都成了朋友。

先说家财大叔。

我第一次翻开家财大叔的护照时，看到第一页上规规矩矩的印着"陈家财"三个大字，就有点憋不住想笑。如果是挺熟的朋友，我一定问他"你们家万贯呢？好吗？"之类的调侃话。

家财个子矮，站在柜台前，肩和头刚刚露出台面。我一边问些常规的问题，如：住几天？要什么规格的房间？……一边填写登记表，登记表上有一栏是客人居住的国家和城市，我顺畅地填上：中国、台湾。

陈家财突然大声说话了："谁是你们中国？！"他怒目圆睁地仰脸瞪着我。我没有料到客人会这样注意我填的表，迟疑地看着他。家财先生指着登记表，又问我："你为什么写我是中国，我是从台湾来的。"

"可是国家这栏该填什么？"我看着陈家财开始涨红的脸。

"中华民国啊！"

我有点迟疑，没想到在这里惹得客人不高兴了。

"中华民国不是你们中华人民共和国，你不要乱写好不好！"

我赶快换了一张新的登记表，按他的要求填上"陈家财，中华民国、台湾、高雄市"。然后赔上职业笑脸，把那张旧登记表撕碎扔到垃圾桶里。

陈家财的脸色这才慢慢恢复正常，提着行李去了客房。

从此以后，我知道凡是台湾来的客人，填表时最好小心点，有些台独倾向严重的客人，连"中华民国"这个称呼也是忌讳的，只能写台湾。

陈家财是个生意人，英文不懂几句，但却能从台湾跑到美国，再跑到阿根廷、乌拉圭做生意。他是五短身材，圆圆的脸上挂着一双弯弯的笑眼，天生一副和气生财的模样。

因填表时的不愉快在先，他进进出出小旅馆，看我时总带着一副戒备的眼神。日子长了，见我与一些常来住店的台湾客人有说有笑，对他也没有恶言相向，才开始与我搭腔说话。

"你是新来的吗？以前没见过你。你是大陆来的？上海的吗？"

"不是，我是重庆来的。"

"噢，重庆好像很少有人在美国嘛。"家财见多识广地问我。

"重庆人在美国的是不多。"

"我听你的口音和穿着打扮还以为你是上海人。"家财先生有点讨好我的口气，觉得说我是上海人是在抬举我。

我笑笑："我还会说你们台湾国语呢！"

"偶讲的素台湾桂鱼哟。"

"你去的那家米昏店灰熊的好佳。"

我学了几句带点闽南腔的台湾国语给他听，他开心的笑出声来。然后我用重庆话重复了一遍刚才说过的话，他哈哈大笑。

我问他："台语该怎么说刚才的话？"他马上认真的教我。见我困难地绕着舌头，他很得意。

我沮丧地说："上海话、广东话都好学，就你们这个台语难懂。"

家财说："主要是你听得少嘛。台湾的外省人有很多都会说台语呢！！"

从此，陈家财先生大概觉得我这个共产党国家来的人也没有什么与众不同，再也不对我说"你们大陆人"，"你们共产党"之类的话了。

李登辉要卸任时，回到他的出生地发新年红包，我刚好在看电视报导这则新闻，突然看到屏幕上一个小身影上前领红包，这不是家财大叔吗？看他拿着红包，脸上焕发出灿烂的笑容，我赶快叫正在接待室里吃早餐的老陈看，老陈也说："哎，是他，这老爷子，下次来了，一定问他得了多少钱。"

可是家财大叔不承认。

等他又从台湾来美国提货时，我问起他领红包的事，他笑嘻嘻的不认账。他怕大陆人不喜欢李登辉，所以这时要撇清自己。

我说："我可能会看走眼，老陈也看到了，不会错。"

老陈呵呵笑着说："你得了多少钱？总统的红包，一定大手笔吧？"

家财大叔摸摸自己的口袋："没有啦，不是我。"

"不要害羞嘛，我们又不要你的。"

"总统红包不大啦，一块钱而已。"

"你们去领红包的都是李登辉的乡亲吗？不一定？可能是为了讨个吉利吧？"

"当然咯，总统的红包，谁不想沾点喜气？"

"听说前三名最有喜？" 我和老陈再接再励的问。家财大叔见我们并无恶意，绘声绘色的讲起领红包的过程来。

2001年"911"那天清晨，家财大叔从楼上客房咚咚咚一阵小跑到我的接待室嚷嚷着："快打开电视，看纽约烧房子了。"

"烧房子有什么好看的。"我常常从电视里看到警察追车匪，警察扑救山火，抢救洪灾，所以对烧房子这种小case不在意。家财大声说："是世贸大楼被烧了，你快看看。"

我赶快打开电视，只见世贸大楼的上半截正在冒烟。突然远处空中出现一个小黑点，黑点迅速变大，是架小飞机！小飞机直端端地向大楼冲去。只见火光一闪，飞机冲进了楼体。家财大叔一声惊呼："哇呀，纽约到底发生了什么事情？"

这时接待室内已站了几个客人，都是从楼上客房冲下来询问电视里的图像是不是我放的电影录影带。

我也吓了一跳，仔细听着电视里的解说，看到电视屏幕上出现的字幕："美国正处于一场恐怖打击之中"，才知道我们看的不是虚拟的恐怖电影，而是一场真正的恐怖战争。

人人都面面相觑，不知此时此刻自己该做什么。眼见世贸大楼冒烟，有人跳楼，楼顶摇摇欲坠，最后哗啦啦轰然倒塌，行人在灰尘浓雾中惊慌地抱头逃窜，家财大叔急得跺脚："发生了什么事，要打仗了吗？雪莉，你帮我打电话问一下，我明天要去纽约，会不会有影响？"

像是回答家财大叔的问题，电视屏幕上这时映出："全国所有的机场现在关闭"字样。家财大叔急得在接待室里转来转去，连珠炮似的向我发问，成了热锅上的蚂蚁。我心里也在发颤，不知道这场恐怖究竟是真是假，可是家财是生意人呐，生意的事，有时差一天都会差之千里，他的心里当然比我更害怕。我劝他别急，全国都处于领空瘫痪状态，先等等再说吧。

没办法，家财大叔只好每天几趟往接待室跑，因为不会讲英文，只能求助于我，问有没有帮他打通航空公司的电话。到第三天，只有录音回答的航空公司终于有人接听电话了，但是家财大叔的那班飞机还没恢复。旅馆里所有的客人，凡是定好机票的，都被困在这里，每天不停地打电话询问班机的情况。家财大叔果断决定转道阿根廷，怕美国真打起仗来，就跑不回去了。

为了家财大叔那张机票，三个星期里我可是被他"追杀"得够呛。

临走那天，我帮他找了说国语的出租车司机送机。我嘱咐司机一定要把他送到 check in 的地方，看他办好手续再离开，因为他已经焦虑得有点不知东南西北了。

等家财大叔到了阿根廷，给我打来报平安的电话时，我才算是松了一口长气。

从此以后，家财大叔把我当朋友看待了。每次来美国，总带些台湾或南美的特色小零嘴送给我。有空时，喜欢找我和老陈聊聊天，摆摆家常，见到故意找我麻烦的客人，他还会帮我打抱不平。他常说"我们是朋友"。

另一位从台湾来的陈先生叫陈天飞，他有一副高大的外形身板，浓眉大眼的五官。开始我以为他是台湾的外省人。

他登记时我在国家这一栏填了他护照的国籍------中华民国，陈天飞坚定地说"请填台湾。"我这时已有经验了，不再多问，按他的要求填好。

北京来的生意人王先生，在这之前正在接待室里看报纸，见报上新闻说李登辉不承认自己是中国人，正在大发议论，现在面前突然出现一个台湾人，活生生的不愿登记自己的国籍是中国，甚至连中华民国都不愿写，肚子里的火气一下从鼻孔里冒出来："哼！"有点恶狠狠的。王先生转身上了楼，蹬蹬蹬走到他自己住的201号房的门口站住了，出粗气。

陈天飞先生随着一声"哼"，转身一看，什么也没看见，脸色顿时也凝重起来，提着行李上楼去找自己的房间。

看到这情景，我估计两个人一旦碰到，可能要"擦枪走火"，急忙追出门外，抬头看看楼上，有没有什么人可以救场。这时老陈的清洁车正在203号房的门口，我赶紧跑回接待室，打电话给老陈，叫他留意一下201号房的门口是否有吵架。老陈一边接听电话，一边大声告诉我："已经吵起来了，我去看看。"就扔下了电话。

我急忙跑到外面院子里，已听到楼上王先生正大声嚷嚷："你不是中国人，为什么说中国话，吃中国饭，穿中国衣，你住在中国的土地上，却说自己是日本人的孙子。你们这种连祖宗都不要的人配做人吗？"

陈天飞的声音一点也不示弱："我们台湾人不怕死，还怕你们大陆来的中国人吗？！你们大陆来的国民党，没有把我们台湾人杀绝，你们大陆来的共产党也杀不完我们台湾人！不要以为你们有飞弹，我们就怕你们。我们台湾人什么都不怕！"

"哎哟哟！"王先生一阵冷笑："打你们还用飞弹？大拇指一按，跟捏臭虫一样容易。你等着瞧吧，有那么一天的。"

我一听，糟了，小客栈楼梯口，不过方寸之地，居然爆发两岸口水战，真是冤家路窄！再这样舌战下去，其他房间的客人也出来搀和，不乱才怪。

我赶紧向老陈摆手，转身从另一个楼梯口上了楼，推着老陈的清洁车，假装清洁房间，哐啷哐啷地向201号房间走去。老陈也心领神会的拿起摇铃，叮呤叮呤地站到了两个吵架人中间。

老陈拉了一下北京王先生的衣领："王先生，息息火。"然后悄声凑到王先生耳边："你跟这种兔崽子说什么理呢！走走走，那边208房间的张先生送我一包大中华香烟，我们抽去，别跟这种二鬼子讲理。"说着说着，就把王先生推进了201号房门，又随手从清洁车上摸出一包大中华烟，和王先生一人一根点上烟进屋抽去了。

我侧过身把陈先生的手提箱提过来，一边示意陈先生跟我一起去找他的房间，一边劝慰他："陈先生，这个旅馆隔音不好，其他客人能听到吵架。"

我边说边察看他的脸色："这里的客人都是世界各地来的华人，什么样的都有，你千万别真的生气。"

"这是216房间，是我们旅馆最好的无烟房。你若缺什么，打电话到柜台来告诉我，我们会为你准备好。哦，回头我叫清洁工给你送一瓶开水来。"陈天飞的脸色渐渐和缓下来。见我把他的行李安置在行李架上，露出了感谢的笑容。大概是看出我和老陈的良苦用心，微笑着向我说了声谢谢。老陈安抚好了北京王先生，马上又赶来给陈先生送开水，换新毛巾。事后他告诉我，他觉得陈先生是个有教养，有钱的主儿。

陈天飞先生与陈家财先生不同的是，他是一家工厂的厂主，厂里有几百工人归他管。他还是受过高等教育的知识分子，所以说话做事都斯斯文文的。大约看我戴了副眼镜，像是个知识分子，就常找机会来接待室跟我聊天儿。事后回想，我觉得他是在做我的统战工作。

他讲了台湾"二二八事件"，讲了大陆向台湾海峡发射飞弹时，他与一些朋友乘船出海去迎接"飞弹"，以示不怕死的抗议活动。讲了他的厂里几百工人上街游行，反对中共要武装解放台湾的"叫嚣"。最后他说"我们决不能让台湾变成大陆的红色统治区"。我听他孜孜不倦地讲这些政治话题，总觉得他有点像几十年前中国大陆"文革"时的红卫兵——对政治着魔了。不过我还是蛮恭敬地听，因为他讲的这些，我也是第一次听到，尤其是第一次听一个台湾本土的普通老百姓讲。

终于到他要离开美国前的几天，陈天飞先生早出晚归，穿戴特别正式，神秘地对我说："我们这几天都在开会。你知道李远哲吗？"

"不知道。"

陈天飞先生说："李远哲是诺贝尔奖得主，是台湾之光，他会支持我们的。"而我那时根本不知道李远哲是什么人。

"哦！"我茫然地回答。不知诺贝尔奖得主支持一个工厂主干什么。

也许正因为我什么都不知道，他才大胆地把一个秘密透露给了我。

大约过了半年多，李远哲在陈水扁竞选总统时突然站出来表态支持阿扁，还积极参与当时的政治活动。李远哲的出现，使当时台湾的政治天平明显地偏向了阿扁。这才使我想起天飞先生说过的话："李远哲会支持我们的。"

天飞先生虽然常常与我摆谈，但我总觉得他是在宣传，布道，统战。我们都客客气气的，心里其实都有一道防线。

过了大约一年，天飞先生再次来到小旅馆。令人惊讶的是，他面色晦暗，头发全白了。变成了大叔。

跟我聊天时，他说他有肝病，肝已经硬化，上次来美国就是要完成自己的一个心愿：请李远哲出山。现在大局已定，民进党已胜，他也可以安心退休养病了。他自知肝病是无法治疗的，为了实现自己的心愿，他耽误了不少治病养病的机会，但是他不后悔。

听他这么一说，我同情起他来。原以为他只是个业余政治家，没想到他是玩真的，还把命都搭上了。我开始安慰他，说肝硬化若是保养治疗得好，还是可以有一个好的生活质量，不会像肝癌那样。我把话说得模模糊糊。

天飞大叔说，他打听过，没有好的治疗办法，美国也没有。我说，西医的办法不多，可是中医中药好像有些办法。中国大陆的中医中药对这个病有些独到的研究。

天飞大叔问："为什么？"

"大陆人多嘛，而且大陆得肝病的人不少。日本人得肝病的也比较多。 而且日本对肝病的治疗也有许多先进的办法。 但是太贵呀，还是中国大陆比较合适。"

"既然你退休了，何不到大陆去寻找一下中医中药的治疗。大陆的生活便宜，找个山清水秀的地方，好好养养，兴许就好了呢？"为了安慰他，我尽往好里说。

天飞大叔摸摸自己白了的头发，问："大陆人会容忍我这样的台湾人吗？"

我说："其实老百姓都是善良的，你去治病，谁会在乎你是什么政治观点呢，大陆的老百姓经历文革后，清醒多了，我倒觉得你们台湾人现在的选举有点像大陆文革时的打派仗。"

"我们不是打派仗，我们是推动台湾的民主。"

"民主？文革时，我们也以为自己是搞民主，结果是被骗了一场。"

天飞大叔笑着指指我，"你好像对政治有恐惧症？"

"倒也不是，"我有点抬杠了。"反正我觉得政治家的民主和老百姓的民主不太一样。"

天飞大叔突然不说话了，停了一会，他轻轻叹了一口气："人心难测啊。"看他欲言而止的样子，我不知自己说错什么了。想想，何必要一个台湾人认同大陆人的观点呢，在这里争些用不着的。

第二天，也是无巧不成书，上次跟天飞大叔吵过架的北京王先生又到美国来了，而且又在接待室看报纸，边看边发表评论。 我远远的看到天飞大叔从大路对面向旅馆走来，脑子突然嗡的一声："不好，王先生在这儿，天飞大叔如果进了接待室，这不是冤家路窄吗？"我猛一下站起来，紧紧地盯着大叔，心里盘算着是否先出门去挡住他别进来。

只见天飞大叔顶着烈日，匆匆从外面大步走进门来，他脸色苍白，满头大汗，进门刚说了一句："我头晕，休息一下，"就趴在柜台上了。我急忙奔出柜台，扶他坐到沙发里，摸了摸他的脉搏，问他，"有什么不舒服，要不要我帮你叫救护车？"天飞大叔轻轻摇摇头，低声说："我可能是低血糖毛病犯了，给我一点糖水吧。"

站在一边的王先生看得有点目瞪口呆，听到天飞大叔说自己是犯病了，急忙跑过来问："我能帮什么吗？"

我示意王先生扶大叔躺在沙发里，然后赶快去咖啡桌倒了一杯糖水，送到天飞大叔嘴边，王先生帮着喂他喝完了糖水，我又急忙打电话叫楼上做清洁的老陈下来，把他平时收藏在冰箱里的糕点糖果拿出来。等到老陈把他的糕点、果汁摆了一桌时，天飞大叔已缓过劲来了。见我们三个人都弯着身子探着头看他，他不好意思地笑笑，声音弱弱的："谢谢你们，谢谢你们。不好意思吓到你们了。我以前有发过这个毛病。""幸亏你们帮我，不然真麻烦了。"

王先生长吁了一口气："你真把我们吓着了，幸亏你还能说话。"王先生突然扭过头来："唉，雪莉，我看你跑得很快，你不害怕？"老陈说："雪莉人家以前是医生，当然不害怕了，哪像你！"天飞大叔这时脸色也恢复了正常，靠在沙发里，饶有兴趣地看着老陈打趣北京王先生。

第二天，天飞大叔说要请我们三人吃饭，以示答谢。老陈说，你出门在外，来到这里就是客人，应该我们请客。

北京王先生帮着老陈包了一大堆韭菜猪肉水饺，特地请天飞大叔与我们一起吃晚饭，为他压惊。还请了也是台湾人，现在在巴西做面粉厂老板的许先生作陪。

许先生最喜欢加入我们这种打工仔的晚饭桌。他说每天在餐馆与客户吃饭吃到烦，到这里才可以轻轻松松的吃顿自由饭，而且他是喜欢站着吃，边说话，边转来转去的找好吃的。

天飞大叔那天很高兴，完全不像那个穿着西装，爱讲政治的陈先生了。清洁工老陈这个大嗓门，这时俨然成了指挥官，不管是面粉大王许先生，还是生意人王先生，这时都乖乖地听这位清洁工的调遣。天飞大叔直称赞老陈和北京王先生的手艺好。

快吃完饭时，天飞大叔对王先生说："上次小弟与你争吵几句，多有得罪，还望你多多包涵。"

王先生赶紧放下筷子，抱了抱拳："不敢不敢。我也是一时说气话，别往心里去！"

许先生说："唉！都是中国人嘛。谈政治伤感情。谈友情，谈友情。"

过了几天，天飞大叔要回台湾了，他与许先生联合作东，仍由老陈和北京王先生主厨，包了一百多个饺子，买了一大桌子的下酒菜，还请来老陈的表哥表姐，热热闹闹地吃了一顿饺子宴。

从此，只要天飞大叔和许先生来美国，我们总会聚在一起吃饺子。

无情的政治使陈先生们和我们疏离了，善良的本性又让我们大家变成了朋友。

丽人庆萍

(一)

每当朋友欢聚一堂，举起酒杯，酒杯中盛满香气四溢的醇酒，我总会想起另一位远去的朋友——庆萍。

庆萍在大陆曾是个优秀的话剧演员，即使现在人到中年，她的声音仍是银铃般的清脆甜美。

我第一次见到她是在那一年的初夏。

那天朋友带她走进小旅馆的接待室时，我只觉得眼前一亮：白色的牛仔裤，浅绿色的体恤衫，一副大墨镜顶在乌黑蓬松的头发上，圆润的鸭蛋脸，白皙光洁，嘴角浅浅的笑意，衬着一双细长明亮的丹凤眼。看她亭亭玉立地站在接待室门前的阳光下，风姿绰约，气质高雅，不由得凝神端详，真是一个丽人。

朋友说她才下飞机不久，是来美国开一个会议的，想在会后自己留在美国到处走走看看，所以先来这里打听一下住宿的费用。我把住小旅馆的费用详细介绍了一番，看她慢慢地皱紧眉头，我心里明白了，她没法长住这种旅馆。

我犹豫地对朋友说，也有便宜的，但不是这里，是家庭旅馆，一天只需6-8美金。庆萍说，那先在这儿住一天吧，找到合适的家庭旅馆再搬走。

我安排庆萍住进一间干净的单人房，为她开通了电话。

那一天，我看到从她房间打出的电话不下十次，也间或有从外面打来的。我想，只要她在美国有朋友，长住下来就有希望了。

庆萍一住就是五天，而不是当初说好的一天。每天都有一个说英文的亚裔中年男子打电话找她，然后大约下午五点钟左右开车来接她去吃晚饭。看得出来，庆萍和这个说英文的中年男子说话时，神情是愉快的。这期间，庆萍忙着外出开会，经过接待室的门口时，总与我点头打个招呼。

一周后，庆萍开完会，选中一个新开的家庭旅馆，搬了过去。我想，庆萍也许是先找好一个落脚点，然后开始准备去周游美国了。

两个月后，庆萍又出现在我面前，她仍然穿着白色的牛仔裤，仍是浅绿色的体恤，头发还是梳得整整齐齐，只是脸色苍白，额头上的那副大墨镜不见了。

我问她在美国玩得怎么样，她苦笑了一下，说："什么玩啊，我现在找了一份工，是一间家庭幼儿园，当幼儿老师呢。"

我马上祝贺她："不错啊，打工只是为了挣点钱，能不去私人家里做保姆，白天带带小孩，已是有运气了。"

庆萍迟疑地看了我一阵，终于说道："雪莉，我看你是个实心眼的人，我能跟你商量件事吗？"我点点头。

庆萍说："前段时间，我住这里时不是有个韩国人常来接我吃饭吗？"我点点头，心想，那说英文的亚裔人原来是个韩国人啊！

庆萍焦急地说，"他突然失踪了！"

我吃惊地看着庆萍，想知道究竟发生了什么事。

庆萍说，这位韩国人是个电脑工程师，朋友帮她在婚介所挑选的。电脑工程师说庆萍长得像韩国一位明星演员，对她印象很好，一见面就展开对她的追求。

庆萍在二十年前离了婚，一个人含辛茹苦带着三个孩子生活。现在一儿一女已成家立业，只剩小儿子在英国读书，仍需她供养，所以她找机会来美国开会，然后留下打工，挣点钱，让小儿子能在英国顺利完成学业。介绍她来美国的朋友见她孤苦伶仃，无依无靠，索性到婚姻介绍所帮她找了个男朋友，希望她遇到一个合适的伴侣。庆萍觉得自己不懂英文，交流起来有困难，又怕婚介所介绍的人不可靠，矜持也罢，谨慎也好，反正一个多月里，韩国工程师还没有把她感情的房门撞开。庆萍随电脑工程师去过他家三次，家里很整洁。工程师告诉她，只要她愿意，那一间空置的睡房可以让她住。但是庆萍不敢贸然答应。

我问庆萍，"你对他有没有感觉啊？"

庆萍点点头说："这个韩国人倒是挺有分寸的，也很有文艺素养，每次到他家，他都会放一些韩国音乐给我听。有些歌我还能跟着哼几句，他也合着我的拍子唱，是个蛮不错的男中音呢！他看过不少有关中国的文学书籍，像《红楼梦》啊，《三国》啊。"

"那你犹豫什么呢！怕遇到骗子？"

庆萍说："其实我也想，再相处一段时间，我就接受他了。"

"后来呢？"

"第三次去他家时，他脸色有些不好。陪我喝了杯咖啡之后，他说肚子不舒服，想早点休息。他劝我别回家了，因为送我回去必须在路上耽搁一个多小时呢！"

"你留下了吗？"

"我想了想，觉得留在他家，不合适。我怕他轻视我，还是坚持回来了。"

"哦？"

"他的肚子好像是真的有点问题。我看他送我回到旅馆后，脸色苍白，头上冒汗。"

庆萍直瞪瞪地看着我，似乎还留在记忆中的那一天。

"后来呢？"

"我嘱咐他小心开车，回家后早点休息。我看他不说话，以为他不高兴了。第二天一早，我打电话到他家去，没人接。那一天，我打了好几次电话，都没有人接。我心里有点害怕。第二天，第三天都不停的打电话去，还是没人接。到了第四天，我找那位介绍我们认识的朋友开车去找他。"

"找到了吗？"我开始为庆萍着急。

"没有，大门紧锁着，我留下一个条子，卡在门缝里，期望他能给我回个电话。"

我盯着庆萍的脸，希望接下来看到哪怕一点点笑容。

"没有回音！我找了他整整一个月，去了三趟他的住处。最后，他的邻居告诉我，这家人搬走了，我才死了心。"

"哦，是这样啊！"

庆萍问我，"你说，他是不是得了什么急病？"

庆萍焦急和充满内疚的眼神让我不忍看她。

"很难说，这么长时间不出现，也许真是身体有什么问题了？"

庆萍说，她唯一担心的是那位工程师发了急病，在路上出了车祸。如果因为自己的固执，害了别人，这辈子都不心安。如果不是出了什么大事，那位工程师不会突然这样不辞而别。她希望是工程师因为对她不满意才不不愿意理会她了。

我们俩都沉默无语。

良久，庆萍说，她不想在托儿所打工了，虽然是长白班，但收入少。除了房租和伙食费，能寄给英国小儿子的钱为数不多。她不希望儿子因经济拮据而拖延上学的时间，越早毕业，就越早脱贫。

她苦笑着说，只好我自己多吃点苦头了。我想了想，正好有个叫惠美的朋友，在比华利山庄的富人家里打工，收入不错，住宿条件也可以。请她帮忙找个工作，也许是个出路。

庆萍担心自己不会讲英文，干不了。我说，家务活儿，就是那几句，天天听，天天说，不多久也就会了，只有在美国人家里干活才能挣到好一点的工钱。

在惠美的帮助下，庆萍终于找到在比利华山一个律师太太的豪宅里做管家的工作。上班那天，庆萍带着行李来与我告别，看得出，她心里有点忐忑不安。

（二）

过了一周，庆萍给我打来电话，告知她的近况。那律师太太是个三十多岁的白人，因为有一个三岁的女儿，没有上班，在家照顾孩子，她怕自己顾不过来，又另请了一个专门的保姆看孩子。庆萍只管打扫和做饭。太太生了孩子后，发福的体态一直复不了原，好像还有增无减，现在一天到晚都在与肥胖作斗争——少吃，或不吃饭。庆萍是正常人，不用减肥也苗条，所以她为自己单独做饭。

庆萍过去的演艺工作，有机会走遍中国大江南北，吃遍大江南北，加上她心灵手巧，回家后琢磨着美味佳肴的味道，学着做给孩子们吃，渐渐的，练出一手高超的烹调手艺。现在，中国饭菜的香味飘进了比华利山律师太太的厨房，引诱着正在减肥的女主人的食欲。每到庆萍做完工作，躲在厨房里吃自己的那顿饭时，律师太太都会悄悄地出现在她身后，笑意吟吟地要求尝尝庆萍的饭菜。

这一尝就上了瘾。

庆萍一看女主人对中国饭菜那么有好感，大方地请她同吃。一来二去，庆萍常常吃不饱，于是用半生不熟的英语劝太太，是否把她的饭也按自己的菜谱多做一点。太太一听，直摇头，说她要减肥，如果自己不漂亮了，连老公都不愿意回来看她。庆萍这才发现，律师先生果然一周难得在家出现一次。即便出现，也只是看看女儿，不留下过夜。律师太太每逢老公回来，便隆重打扮，穿上赴宴的礼服，洒上名牌香水，客厅里换上新买的鲜花，餐桌铺上雪白的桌布，还点上蜡烛。但是老公不领情，看完孩子就走人。律师走后，律师太太沮丧得逮谁骂谁。庆萍这个英文不灵光，每顿饭被她吃掉一大半的佣人成了出气筒。

为此，庆萍悄悄告诉我，实在不想为这个"上等人"做事了。我也劝庆萍别太委屈了自己。尤其是饥一顿饱一顿的日子，会把胃弄坏。

庆萍正式向律师太太提出辞呈。律师太太答应了，但是说想去夏威夷度假，因为要带女儿去，所以请庆萍务必陪同，辞工回来再说。工钱照付，来去的机票由她买。庆萍想想，律师太太其实也可怜，老公不睬她了，去夏威夷散散心也好，就答应了。我一听，觉得也好，就安心地等庆萍回来讲夏威夷的风光。

两周后，庆萍突然在一天清晨出现在小旅馆的接待室里。她脸色发黄，头发无力地散落在两颊，身上套了一件肥大的罩衫，眼睛失去了往日的光彩。

"你怎么啦？"我起身走出柜台，拉她走近。

"我不做了！昨晚半夜离开她家的。"

"？"

"这个女人欺人太甚！"

"发生了什么事？"我拉庆萍坐到接待室的沙发上，给她倒了一杯茶水。

庆萍捧起茶杯，眼里渐渐溢出泪花。原来这次去夏威夷根本不像庆萍当初想象的可以随主人一家观赏风景，她只是一个苦力，搬沉重的行李，每天外出都要抱着那个三岁的小孩，一刻也不能放下。等小孩睡后还要帮女主人用手洗脏衣服。这些都好说，佣人嘛，该做的。最可怕的是女主人为了减肥一天只吃一顿正餐，所以庆萍每天也只能吃一顿饭。

庆萍饿得实在难过，就自己买面包充饥。律师太太一见庆萍自己能找吃的，索性连午饭也不让庆萍与她一起吃了。一天三顿，庆萍只能抽空买些面包、饼干充饥，到了晚上肚子饿得咕咕叫，她想独自返回洛杉矶，但机票、证件都在主人手里，连逃都没法逃。好不容易熬到回了家，庆萍两次提出辞呈后，律师太太甩给庆萍五百美金，算是结了账。

庆萍一看傻了眼，原先说好的一个月工钱是1200美金，现在怎么变成只有五百呢？律师太太说，扣除了机票和旅行中的食宿费当然只剩五百了。庆萍说，去夏威夷是你要我去帮你，你说机票由你买，我才去的，你怎么可以扣我的工钱？律师太太说，机票是我帮你买的，但机票钱要由你自己来付，你想到夏威夷玩又不花钱呀！

天啊！庆萍一听差点晕过去。女主人之所以让她跟去，是想省下女儿的洋保姆的费用，那位洋保姆是个地地道道的老美，在工钱问题上绝对按规矩办事，一分不能少。庆萍就不同了，英文不好，又没有合法打工的身份，主人说什么，就只能听什么。

想到这里，庆萍停止了与女主人的争辩，低头把五百美元放进自己的钱包里，心里升起一股对律师太太的轻蔑，暗暗地在心里冷笑着。她抬头盯着律师太太静静地看了一阵，突然忍不住爆发出一阵大笑，笑声一阵紧似一阵，高低起伏，掷地有声。律师太太吓得一步一步地往后退，从庆萍住的佣人小屋一直退到客厅大门，几乎想夺门而逃。

庆萍的狂笑我听过，她在国内曾经为一部译制片里的一个女高音歌唱家配音，我出国前刚好看过那部电影。那女高音的狂笑声好似狂风暴雨，势不可挡，而且极富音乐性，深夜里听到这么突如其来的一阵狂笑声，得要有一定的心理承受能力。

庆萍实在觉得委屈，打电话给惠美，说想回家。惠美是为一个好莱坞知名的女明星做了十七年管家的云南女子，侠肝义胆，一听庆萍说话的口气，便知发生了不好的事情，当晚就开车把庆萍接到自己的家里，第二天一早就把庆萍送到小旅馆，她说，她要去追问律师太太，讨回庆萍应得的工钱。

庆萍脸色蜡黄，说话中不断用手按按胃部。凭着以前做过多年内科医生的经验，我觉得她病了，而且病得不轻。

我问她，"怎么了？"

"痛！"

"前段时间还是饿的时候痛，现在是一直痛了，连背心都痛，有时痛得直不起腰来。"

听她一说，我觉得她的胃出状况了，让她躺在接待室里间的休息床上，帮她摸了摸腹部，肝胆脾都没有问题，胃部有明显的压痛。看了庆萍吃的药后，我劝庆萍，"你的胃需要好好服一段时间的药，并且完全休息。"

庆萍说，"我怎么能休息？吃住都要花钱，我的积蓄都给小儿子寄到英国去了，律师太太又扣了我半个月的薪水，我还是要找个工作才行。"

我想了想说，"你先住我家里罢，等休息好了再出去找工。这样我也好观察你的病情。你的胃病不是一天两天的历史了，不要拖，这个年龄，小病可能拖成大病的。"

我很认真地看着庆萍。

她大约被"小病拖成大病"这句话镇住了，也看我是真心挽留，终于点了点头。

一个星期里，庆萍每天只能喝一点汤或粥，基本上一天24小时都躺在客厅的那张长沙发上休息。我下班后就陪她聊天。慢慢地庆萍能起来在屋里转转，心情也平稳些了。一星期后，惠美打来电话说，律师太太可能是畏惧惠美的女主人在好莱坞的名气，怕惠美在女主人那里坏了自己的名誉，也可能是被庆萍那晚的情绪吓住，一看惠美找她理论庆萍的工钱，立即交给惠美一张700美元的支票。

看到这个结果，庆萍渐渐地舒展了眉头，胃病也慢慢好转起来，她又急着外出找工作了。

但洛杉矶大多数家庭的管家都工作繁重，工钱又少。

我劝庆萍离开这儿，到硅谷去找工。硅谷华人多，而且不少人是高薪，也许能找到一份合适的工作。庆萍说，她在美国举目无亲，到硅谷去，投奔谁啊？我说不要紧，你去硅谷找我的朋友琳达，她是个热心肠的人，一定会帮你的。

一个月后，庆萍的身体复原，我和老公把她送上灰狗巴士，让她到硅谷闯天下去了。

(三)

琳达是个河南姑娘，热心肠，还有一副天生的好歌喉，喜欢唱歌跳舞看演出，一听说是国内老演员来美打工，二话没说，把庆萍当姐姐一样接下来了，并且满口答应帮忙做担保人。

琳达通过教会的教友，为庆萍找到一个满意的工作。这个家庭只有一位八十多岁的老太太，身体健康，因为年老了，需要人做伴，照顾起居。老太太很年轻时从中国来到美国求学，在美国做了几十年大学教授，知书识礼，而且她的家境富裕，孩子又孝顺，儿女虽然远在外州，但常常轮流回来看望。

她们对庆萍就像对待家人。

老太太有一部老爷车，闲在家里，为了上街买菜方便，在主人的鼓励下，庆萍硬着头皮学会了开车。几个月后，庆萍打电话告诉我，她能开车上街买菜了，每月的工资也涨到1500美元。我们都高兴得在电话里欢呼起来。

庆萍来美一年了，她终于有了发自内心的笑声。儿子的学业有了经济保证，她的自信也渐渐恢复。这段时间，是庆萍来美国最无忧无虑的时光。

转眼到了第二年的夏天，教授老太太因急病去世了，教会的姊妹们帮她找了一分新工作，还是照顾一个老太太，不过地点不是硅谷，而是洛杉矶。

庆萍又回到了洛杉矶，在她新工作的老太太家，我们又见面了。

这一次见到庆萍，觉得她胖了一点，但身材仍然苗条，头发仍然梳得整整齐齐，白色牛仔裤和紧身T恤变成了宽松随和的居家做饭常穿的旧衣服，只是细长的丹凤眼里有了一份气定神闲的淡然。她已经习惯了打工的生活。

庆萍有条不紊地从冰箱里拿出鸡蛋，鱼，肉等食物，一边跟我说着话，一边忙着手里的活路，不一会儿，几个精致的小菜，肉丸汤，就端上了桌，伺候老太太吃过饭，安顿好她午睡，庆萍领我到附近的社区游泳池边，在那里的休息室闲聊起来。

这个社区是专门为退休老人设计修建的，家家户户都掩映在绿树葱茏之中，放眼望去，竟有庭院深深，杨柳堆烟的感觉，小道旁的奇花异草，在正午的阳光照耀下，散发着清香。游泳池水清澈见底，在微风的拂拭下，闪动着片片金光。

庆萍拿出小皮包，取出在英国读书的小儿子的照片。这是个23岁，180公分高的大小伙子，长得浓眉大眼，挺精神的。庆萍说儿子再有半年就毕业，现在也能打工挣点钱了，他来信让妈妈别太累着自己，别干太辛苦的活儿。

我说："多懂事的儿子呀，争分夺秒地读书，争取早点毕业，减轻你的压力，你该高兴了。"

庆萍笑嘻嘻地点点头，又拿出另一张照片，是儿子和一个姑娘亲亲热热依傍在一起拍的照片。庆萍说这是儿子和他的女朋友，那个女孩是和他在同一所学校里读书的中国留学生。姑娘长得清清秀秀，一副小鸟依人的甜蜜模样。

"庆萍，瞧你多么有福气，儿子学业快完成了，连儿媳都给你找好了，你高高兴兴地等着当婆婆吧！"

庆萍放下在国内名演员的身段，到美国打工挣钱供儿子读书，只有母亲才会选择这条路。

庆萍的脸泛着红光，游泳池的水波映照到她的脸上，白白的皮肤连细纹都减少了。

庆萍说，"我想跟你商量一件事。"

"什么事？"我看她神色庄重，猜想着她又遇到了什么难题。

"我这次回来，其实就是为了这件事。"

"噢？"我一直希望庆萍留在硅谷打工，那里华人知识分子多，也许能遇到一个可以谈到一起的老伴呢。洛杉矶华人多是多，但鱼龙混杂，像庆萍这种没有合法打工身份，不懂英文的中年女人，很容易受别人欺负，所以，我常向庆萍灌输我的想法。庆萍说："我知道你的好意，我才来美国时，也曾遇到几个家乡的老头，他们都说愿意帮我办身份，就是要跟我结婚。"

"你愿意吗？这可不是闹着玩的。要么你付别人几万美金，要么无偿当几年临时老婆。这条路你可不能轻易去试。"

庆萍摇摇头说："是啊，我也担心啊，但是我确实想留在美国。"

我说："庆萍，以你在国内演艺圈的地位，也算是专家级别了。留在国内，现在可以安安逸逸地退休，闲时教几个学生，挣点外快，小日子可以过得蛮自在的。现在儿子也快毕业了，你做母亲的职责也算完成。回去你可算是家里德高望重的功臣，何苦在美国过这种寄人篱下，如履薄冰的日子。"

庆萍叹一口气说："其实，我已经退休了。刚好有一个我退休前做过的节目，被美国的一个华人教授看中，希望我来美和她一起宣传，这样，我才有机会一退休就来美国开会。不仅我们单位的人吃惊，连我自己也没想到，老了老了，却碰上一个出国的机会。"

这是庆萍没有给我讲过的事。一般情况下，我都不主动问别人为什么来美国，怎么来的美国。今天庆萍主动讲起，是因为她把我当朋友看了。

我静静地听。

"我从出生起就像是脸上盖了红字的囚犯，仅仅因为我的父亲曾是国民党军队里的少校军医。"

"我在小学时被少年官的一位老师发现嗓子好，大声朗诵不怯场，被送到体育场万人大会上代表少先队员朗诵国庆献辞。其实那时我因家庭出身的原因，还不是少先队员。"

"噢，"我专注地看着她。

"因为那次朗诵成功，我出名了，以后只要有这种大场面，一定叫我去。老师说我嗓子好，适合朗诵，所以从小学，中学到高中，我都是市里的文艺活跃分子。等到考大学了，我也是考的艺术学院。但是，无论我多么努力，多么要求上进，我就是入不了团，更入不了党。"

"在大学里，我在艺术上是尖子，但在排演重大的剧目时，我永远被排在第二号或第三号；工作以后，我更上不了台了，只能作配音演员。我知道，还是我的家庭出身在作怪。母亲为了洗刷掉我的出身污点，做主为我找了一个工人对象，那人没读过大学，也不懂艺术，但却是钢铁厂里的钳工，出身特别好，人又老实。"

"思前想后，我们这一户反革命家属，只能靠我这个长女的婚姻来抹点红色了。看到老母亲成天提心吊胆的样子，我狠了狠心与那个工人结了婚。"

"你们过得好吗？"我问。

庆萍说，"我和丈夫十多年都分居两地，每年见面两三次，关系还算维持得下去。等到好不容易调到一起共同生活时，才发现两人之间差距太大。他是一个好人，我也是一个好人，但在一起生活却没有家庭的幸福感，反倒像关在牢笼里。最后我们协议离婚了。离婚后，很长时间外界不知道。离婚的丈夫虽然也负担孩子的生活费，但是我总觉得亏欠孩子，没有给他们一个完整的家。我拼命工作，出差，加班，赚钱，想给孩子一个富足的生活，弥补没有父亲的遗憾。那些年，全家人只有我的钱挣得多些，因为有演出费、出差费，连弟弟妹妹我都常常帮助他们。"

"那些年离婚，是寡妇门前是非多，你就没另找一个合适的？"我插嘴问。

她接着说，"离婚的消息，我一直没有告诉单位里的人，但这种事哪有不透风的墙。我既是艺术尖子，又是内定控制对象，过去因为有工人丈夫这个挡箭牌，别人还不太敢说什么，一听我离了婚，好家伙，成天找我的'第三者'，或者猜测我是谁的'第三者'，一窝蜂地议论纷纷。我就是想找，也被这些风言风语搅黄了。就在我出国前，还因为接了一个朋友从日本打来的电话，又满城风雨地说我勾搭上了日本人。哈哈，他们万万没有想到我刚办好退休手续，就跑到美国来了。"

庆萍开心地拍拍手，脸上的笑容有点像恶作剧成功的孩子。我也跟着笑笑，心里却轻轻地叹了一口气。

像庆萍这种长得漂亮，有艺术才华，又有点傲骨的女人，背着反革命父亲的沉重枷锁，事业上出不了头，就够她一辈子难过了。何况还离了婚，即使她是一朵鲜花，也会被流言蜚语伤害成一汪祸水。怪不得她千方百计想出国来，盼望着能有安静生活的一天。

庆萍笑过后，摩挲着手中儿子的照片，抬头看着我："你多么好，一家人都在美国，安安稳稳地过着平静的日子，孩子可以接受最好的教育，不用担心政治审查，也不用防备小人们在背后不停的放冷箭。我如果有了美国绿卡，也会安安心心地过平静的老百姓日子。"

被她这样一羡慕，我倒有点不好意思了，赶快给她出主意："你不是在国内得过不少大奖吗？还有一些有代表性的艺术作品，其实你可以找律师为你办杰出人才绿卡呀。"

庆萍摇摇头："我试过，但我手头的材料不够。要找到合适的材料，非得我亲自回国内去搜寻，儿女都帮不上忙。可我现在如果回去，就再不能到美国来了。"

"是啊，这可怎么办呢？"我也想不出好办法。

顿了顿，庆萍问我："你还记得我走后有几次托一位姓李的老头来找你取我的一些信件吗？"

"哦，记得啊。"我想起是有一个操南方口音，瘦瘦小小的老先生来找过我，看他每次穿着白衬衣，干干净净的样子，以为是庆萍的老乡。

"他的确是我老乡。"庆萍笑笑说："我让他找你取信，其实就是想让你帮我看看这个人怎么样。"

"他有什么办法帮你吗？"我不太相信这个老头儿，一副老实巴交的样子，不像有钱、有活动能力的主儿。

她说："他帮我办假结婚，不要我的钱。"

"假结婚？不要钱？帮你？你信吗？"李先生那么一个干瘦老头，庆萍那么美的一个女人，假结婚？我不信。

"我也不信，不过他只要跟我真的办结婚手续，我也会真的嫁给他。"

"庆萍，你要想好。你这一脚跨出去，收回来就没有那么痛快。"

我怕庆萍求绿卡心切，一狠心把自己卖了。庆萍，你不该啊，不该动这个念头！你已不年轻，没有多少岁月可以挣扎。我暗暗地在心里呼喊着，为了留在美国，多少女人走了这条充满荆棘的不归路。

庆萍仿佛看透我的想法。她说:"我也想好了,回到过去那个生活环境,我是再也不愿意。孩子们都大了,我也算完成了对他们的抚养责任,老母亲年龄也大了,我的房子和退休工资够她养老了,现在,我只想在我愿意呆的地方,找个窝,安安静静与世无争地过完下半辈子。"

"这个李老先生是干什么的?他有能力维持你们的共同生活吗?"我不忍心地问,然后转头看看周围,希望惠美,或者琳达,从什么地方冒出来,帮我出出主意,劝劝庆萍别干傻事。

"他来美国三十多年了,开了个豆腐坊,生意不错,也有自己的房子。豆腐坊现在是他儿子在经营。他说,如果我愿意,就和他一起做酒酿卖。洛杉矶华人愈来愈多,酒酿生意也是很好赚的。他还带来一瓶他自己酿的米酒,味道蛮正的。"庆萍认真地告诉我。

听到庆萍说的这些细节,我想,他们已是谈得差不多了。我慢慢点头:"如果生活有保障,他又对你那么真心,你自己决定吧。"

仔细想想,我周围认识的朋友中,不少人因为出身不好,在国内历次政治运动中老当"运动员",一旦遇到出国的机会,他们便义无反顾地奔出来,这类例子太多了。何况庆萍还要支持在英国读书的儿子完成学业呢!

我接过庆萍手中的两张照片,再次细细地端详,庆萍也凑过来,与我并肩看着,半饷,我抬起头来:"庆萍,我祝福你!"我们俩都笑着,但是眼里都含着泪花。

（四）

庆萍搬到李先生那幢有小花园的房子时，我和琳达，惠美都去喝了喜酒，看了他们的新房。李先生没有什么文化，也不懂英文，但是个勤奋的劳动人。他不会开车，车库就是他的酿酒工厂。三十多年来，他就是靠拉着板车到各家商店送豆腐和酒酿，一点一点的赚了钱，养大了独生儿子，还买下一栋房子。

庆萍打开车库一角的一个大酒缸，一股温软的酒香扑鼻而来。原来李先生的米酒就是储存在这个大缸里，漫漫沉淀，等到清澈透明，醇香扑鼻时，才装到小瓶里出售。这可是米酒中的极品啊！

餐桌上，庆萍和李先生举起这一杯杯自家酿制的米酒，敬我们几个萍水相逢的朋友。

庆萍说，你们就是我在美国的亲人。

李先生说，谢谢你们帮助庆萍，我们不会忘记的，我一定好好把酒酿的生意再搞起来。

很快两个月过去了，我们再访庆萍时，那幢房子变了，窗明几净，白墙上有几幅颇有生气的水彩画，前院的小路旁开满各色鲜花，后院被庆萍开垦成一个菜园子，黄瓜，辣椒，大大小小的西红柿和正在开花结果的紫茄子挂满枝头，绿油油的韭菜像一片茸茸的地毯，生机勃勃。庆萍穿着一双大塑料拖鞋，拿着一把旧剪刀，啪嗒啪嗒的跑来跑去为我们摘瓜果。

之后一个月，庆萍从电话里告诉我，李先生为她申请绿卡了，但他没有银行存款，没有房产，无法为她做担保人，问我可否为她作经济担保？我问庆萍，李先生的房子不是他自己一点一滴的血汗钱买下来的吗，为什么现在又没有房产了，我对李先生的诚信打一个大大的问号。庆萍说，李先生的独生儿子怕他再婚后，房子可能被后妈分走，联合自己的舅舅姑妈，逼着李先生在婚前把房子和存款"送给"孙子，只给他留下二千美元存在银行里。

啊！竟有这样的家人！

庆萍坎坎坷坷走来，这是最后一关了，如果我现在伸手帮她一把，她的心愿也就可以达成。第二个周末，我和先生一起到庆萍约好的律师楼为她签了一摞法律文件。我们都安心地等待庆萍的绿卡通知。

半年很快过去了，我们几个朋友常与庆萍联系，知道她过得不错。

可是，天有不测风云，李先生这时查出得了胃癌，并且已到晚期。

我和先生赶到庆萍家。李先生明显的消瘦了，脸色蜡黄，没有光泽。我觉得大事不好，悄悄地问庆萍，绿卡面谈的时间还有多久。她说还有半年。我有点为她着急和担心，吩咐她把结婚的文件和自己的证件都藏好，以免到时出问题。

庆萍说，自从李先生知道自己得了癌症，每天都给儿子媳妇打电话借钱，因为自己不懂英文，希望他们能找个好医生为自己治病 。可是儿子要他答应与庆萍离婚，才肯帮父亲。老先生一再申明自己仅有的一幢房子和所有存款都已过到孙子名下，为什么还不相信他。

庆萍说到这里流下泪来，她说："没想到他的家人竟这样刻薄寡情，好在我也不图他的钱和房子，等他们闹吧。如果老头子能撑到面谈的那一天，算我造化大。如果撑不到，只有听天由命了。"

拉锯战一直打个不停，老先生一天天瘦弱下去。

最后李先生腹胀疼痛难耐，住进了医院。庆萍就随他到医院里去，衣不解带地照顾他，晚上也只是趴在床边打个盹而已。到周末，李先生的儿孙来看父亲一眼，庆萍提出能否换换班，让自己回家洗个澡，换个衣服，稍稍休息一下，那些儿孙亲友都不吭一声，庆萍只好自己找邻床病人的亲友开车带她回家休整一下。

李老先生终于熬不过病魔，在离面谈还有一个月时撒手归西了。去世前他担心庆萍面谈通不过，还坐着轮椅与庆萍一起到律师处再次签字表明：务请移民官给予他的爱妻一纸绿卡，让她在美国陪伴他，因为他病重时，只有庆萍像亲人一样照顾他。

等到庆萍在医院收拾完李老先生的所有遗物返回家时，发现房门大开，自己的卧室像遭到匪徒抢劫一样乱翻了天。庆萍只觉脑子像被打了一棍，心里担心的事情终于发生了。

她藏在袜子里的一千美金不见了，与老先生结婚的证明藏在抽屉底层的反面，也被翻出来，将"结婚"改成了"离婚"。

怎么办？

我们几个朋友赶去看她时，警察也来了。隔壁的邻居向警察作证是李老先生的儿子进房来翻找了很久 。庆萍向调查的警察出示了被篡改的结婚证明。警察说，"篡改法律文件是要判重罪的。"并取走了留在现场的指纹。

庆萍和我们都松了一口气，数着指头挨日子，等待警察给个"案情真相大白"的结论。

一个星期过去了，警察没有动静。庆萍找到警察局去，得到的答复是，"这是你们的家务事，你们回去自己处理。房子是李先生孙子的房产，他有权进入自己的住房，至于你与李先生的婚姻文件，你去找律师解决。"

庆萍一听这个回答，顿时如五雷轰顶。这是什么法律？我的权益有法律保护吗？

我们这些朋友也傻了眼，警察当时的回答与事后的处理真是天差地别。庆萍与李先生虽没有房产权，但至少还有居住权罢，居住人还没有搬出去，外人怎么可以进出如入无人之境呢？

李老先生的孙子正在南加大读书，斯斯文文的样子，他找到庆萍说，"这房子现在是我的房产，祖父在时，他怎么住都可以，他往生了，你不可以在这里住了。下个月我要装修房子，然后搬回来居住。你可以暂时住到月底。你在我祖父生病时照顾他，我们感激你，所以你现在住这里的费用我不收你的钱。"一副慈悲胸怀的样子。

庆萍说，"我放在袜子里的一千美金是为了应急用的，被你父亲翻走了。我现在身无分文，你让我搬到那里去呢？我与你祖父结婚的文件在律师那里也是有存底的，怎么可以把它涂改呢，我与你祖父结婚是两厢情愿的，你祖父也没有钱留给我，你们为什么那么恨我？"

那位当大学生的孙子斜看了庆萍一眼说，"我祖父往生了，我很难过。你自己的事你看着办吧。"说完抬腿走人。

庆萍欲哭无泪。

我和琳达，惠美都气愤难平。惠美说，告他们去！

庆萍摇摇头："我怎么告得赢他们这些有美国籍的人。连警察都帮他们说话，我告他们只是给律师送钱。"

一个月后，庆萍的绿卡面谈通知来了。

去移民局面谈的前一晚，庆萍来到我家，以便第二天去移民局路程近些。

庆萍把头发用电吹风整理了一番。她一边做头发，一边回过头来对我说，一年多都没有打理自己的容貌，老得不像话了。

我说，你的好看不是年龄可以抵消的，是你从娘胎里带来的，庆萍笑着拍拍我说，年龄不饶人，老了就是老了，只是不愿让自己蓬头垢面的样子，被移民官瞧不起。

我赶忙说，你明天去面谈，可是一个孤苦伶仃的遗孀，千万别太精神抖擞了。

庆萍叹了一口气说："什么遗孀啊，我来美国一趟才知道，在美国，人的生活也是分三六九等的，尤其是外来的人。我年龄大了，不懂英文，只能沉在最下一等。如果明天面谈顺利，我就留下来，继续打工挣点钱；如果通不过，我也没有什么留恋的，回国去过我的退休生活。其实，国内的一些朋友不断劝我回去重操旧业，我不会寂寞的。"

我赶紧说："你能这样想，我就放心了。说实话，如果我是你，我会选择回国。"

庆萍认真地看着我，"你真是这么想吗?"

"是的，"我点点头，"女人的一生，第一是家庭，第二是事业，而这一切在美国都离你太远，何苦呢！"

说完这话我又觉得有点唐突，怕庆萍受不了。但庆萍却频频点头："有很多事不经历一下是不知道的，好在我虽吃了不少苦头，却没有做违背自己良心的事，也算是一段异国经历吧。"

面谈的结果是，李家的儿女告到移民局，说庆萍是骗婚，要求取消庆萍的绿卡资格。移民局以李先生已经去世，配偶不能再以婚姻为理由申请绿卡，通知庆萍这次面谈无法通过，叫庆萍回家等下一步通知。

三个月后，移民局通知庆萍，她可以住到当年的12月31号离境。

庆萍说，结果出来了，我心里也就踏实了，抓紧时间再打几个月的工，支撑小儿子找到工作，我就算完成任务。

庆萍说这话的时候脸上是带着笑容的，但我明白她心里五味杂陈，有说不出的苦楚。

庆萍离开美国上飞机前给我家送来一大坛子米酒。李家的后人不知道它的价值，想随便叫人抱走。庆萍是个会喝酒的人，取了回来。她说："这酒是好东西，你留着，每天喝一小杯，养身体。我来美国两年，最大收获是为小儿子挣够了学费，还认识了你们这几个朋友。小儿子现在已毕业，在英国的一间大公司找到一份满意的工作。我现在回国也没有什么牵挂了。"

我和惠美、琳达依依不舍的为庆萍开了个送行的告别会，在"加州阳光客栈"小旅馆的招牌下，与庆萍拍了最后一张合影。庆萍抬头看看"加州阳光"招牌，又手搭凉棚，眯缝着眼看看湛蓝透明，阳光灿烂的天空，黯然笑笑："加州的阳光灿烂，真是名不虚传。可惜……它不属于我。"

（五）

庆萍回国后大约两个多月，前台接待室来了一个中年男子，他操着带韩国腔调的英语问我，想找一个曾在这里住过的中国女子，叫庆萍。

我一听到庆萍的名字，仔细端详起他来，中等个头，国字脸，前额的头发已有些稀疏，两鬓开始花白，穿着夹克的身板倒是挺得直直的，似曾在那儿见过。

我问他，庆萍是什么时候来住店的？他急急的回答是两年前。

"为什么现在才来找？"

韩国人认真地解释说，他那天与庆萍分手后，因为腹痛住进了医院，他得了急性化脓性胆囊炎，但被误诊，耽误了开刀的最佳时机，差点送了命。一个月后，他的身体稍微好转，可以打电话找庆萍时，庆萍已离开旅馆。他是一个富裕的大家族的儿子，在他出院以后，他的父母为了照顾他方便，让他搬回父母家，父母趁他生病期间，早已经做主把他租的房子退了，所以，后来庆萍看到他的房子退租，以为他是故意躲走了，只好死心不再找他。他找不到庆萍，也以为是庆萍并不喜欢他，故意躲开了。两年来，父母为了家族生意，几次催婚，希望儿子的结婚对象是他们满意的女人，托人介绍过几个女朋友，三番两次相处下来，他总是对庆萍念念不忘，也曾几次不甘心，打来电话询问，216房间都没有庆萍。今天他决心自己跑来看看能否找到自己难以忘怀的人。

怕我不相信，他还用不太流利的中文说："庆萍是我的女朋友。"

天啊，原来找上门来的真是庆萍刚刚到美国时认识的那位韩国工程师。

我心里一个劲地祷告：老天爷帮帮这个木头脑瓜子工程师吧！为什么只打电话去216房间，就不会问问柜台？或者早点开车来旅馆，亲自出面找人，也不至于拖到今天人去楼空呀！

我为庆萍高兴。她来美国两年，虽然带着失望回国，但至少还有一个她曾心仪的男人一直牵挂着她。

　　没有征求庆萍的意见，我把她的中国电话号码交给了这个韩国人。韩国工程师捧着手里的电话号码，高兴得满脸通红，竟退后一步，向我深深鞠了一躬，然后快步离开了。

　　门关上了，接待室又恢复了空荡和宁静。

　　我仿佛看到工程师双脚在街上急急地行走……

　　登上了飞机……

　　踏上了万里之遥的中国的土地……

　　然而，今天的庆萍不再是两年前的庆萍。她不光看到了加州的阳光，也看到了阳光背后生活的人们经受的酸甜苦辣，儿子的毕业更使她失去了远赴重洋的原动力。她很难有勇气再次远行，除非是……真正的爱情。

　　庆萍，你过得好吗？

美食家

清洁工老陈从楼上正在清洁的房间里打电话到前台来，说有一个波士顿来的四川人要找我问事儿。

老陈是个热心肠人，常常引荐一些住店的四川人来找我认乡亲，我也见惯不惊了。

一会儿，楼上下来一位中年男子，穿着西装，打着领带，拎着皮包，干干净净，神清气爽，要出席什么会议的样子。他一进接待室就主动自我介绍：姓张，四川人，从东部来。这次到洛杉矶办事，经朋友介绍，特地住我们这间旅馆，为的是一饱中国菜的口福。他住在东部已经二十多年，吃遍了那里的中餐馆，总觉得没有家乡味。听说我是四川人，赶快下来请教，洛杉矶有什么样的特色中餐馆，特别是川菜馆。他今天办完事后，准备大开吃戒，挨个地品尝家乡菜。言谈举止中，感觉得出他是个开朗健谈，自来熟的人。

我一听乐了，这还不好办？山谷大道上就有好多中餐馆，广东菜，上海菜，湘菜，还有日本，越南，泰国，马来西亚的菜馆，各式各样，不需开车，步行都能找到。川菜嘛，就在两个红绿灯前的广场里，刚开张的"佳味川菜"，特正宗。我胸有成竹地一一介绍，张先生听得眉开眼笑，说："好，今晚我先到最近的锦江饭店去吃上海菜。我太太是上海人，等我吃了给她汇报一下，说不准下次她会陪我一起来。"

晚上七点钟，我正要下班时，张先生回来了，提着一个涨鼓鼓的塑料袋，一见我，就面带笑容的说："我去锦江饭店了，谢谢你啊，好多年没吃到上海本帮菜了，酱鸭，肴猪脚，红烧青鱼划水，马兰头豆干，全有。"说着，打开一个便当盒，一股热腾腾的肉包子香味直冲鼻根。他说："这小笼包我带回来做宵夜。"见我赞许地点头，他喜滋滋的一边系好塑料袋，一边说，没想到洛杉矶的中餐菜做得这么地道，他已经租好了车，方便会朋友和吃饭，然后开始打听川菜馆。

我开玩笑说道："你这么讲究吃，每次回国一定吃了不少好菜，现在国内的美味佳肴，档次不是一般的高。"

张先生不说话了。他本是一个接话特快的人，突然不说话，倒把我愣住了，想想刚才的话也许触动了他哪根神经，不好再多说什么。

张先生察觉到空气的尴尬，抬起头来笑笑："我不能回国，所以特别羡慕每年能回国的人，包括羡慕我太太。没办法回国，我就来洛杉矶开开美食荤吧。"他的笑容里有点无奈的苦涩。

"你是卷款外逃的高官吗？为什么就不能回国？"为了打破尴尬的气氛，我故意调侃着问。

张先生哈哈大笑："我没那个命，高官免了，是工作上的原因，暂时回不去，等我能回家了，一定好好享受中国美食的最高境界。"

工作上的原因？看来他有难言之隐，我不好再追问，赶快介绍餐馆吧。

我告诉他，佳味川菜的老板娘是我的朋友，我叫她徐姐，地地道道的重庆人，她的儿子是大厨，重庆著名的"小天鹅餐馆"的厨师，正宗的，不是半路出家的。

我特意嘱咐他，现在的新式川菜不仅仅是鱼香肉丝和回锅肉了，还有辣子鸡丁，水煮鱼，麻辣螃蟹，这些新菜式现在在四川很流行。

"你晓得撒，川菜的麻辣就在花椒和辣椒的正宗，他们店的花椒就是专门从重庆买来的……"我开始说四川话了。介绍川菜，听众又是四川人，不说四川话似乎味道不正。

洛杉矶的餐馆很多，但排队在门口等座位的还不多，佳味川菜每天都有人在外面排队等吃饭，我强调介绍这一点。

张先生听得直点头："好，明天开完会，我去佳味川菜。"

第二天晚上，我下班前，张先生抱着两包食品塑料袋回来。人一进门，就带进一股浓浓的辣子香味。张先生说："这个川菜硬是霸道，麻辣得很噢！"

吃完川菜，连口音都变四川味了.

他打开一盒辣子鸡，一股浓郁的鸡肉香味和油辣子香味冲出食盒，扑鼻而来，他一边用筷子拨弄着食盒里堆得像小山样的红辣椒，一边眼巴巴的问我，这些辣子舍不得丢，一下子又吃不了，你说怎么办？这真是老革命遇到新问题。当初我在重庆歌乐山上，辣子鸡发源地，第一次吃到辣子鸡时，也向店老板问过，剩下的辣子实在香，舍不得丢了，怎么办。店老板说，带回家，打碎，煮面条时当调料吃。

现在，我也向这位喜爱辣子鸡的同乡热情建议："吃不完的，我们都是把它带回家，用搅碎机打碎，吃担担面时放一勺进去，香得很。我家有搅碎机，明天带来帮你把辣子鸡的辣椒打好，装在瓶子里，你好带回去。"

"好主意好主意！"他小心地捏起一颗油炸的花椒，放进嘴里，闭上眼，细细嚼起来，然后摇摇头："嗯！麻！好久没有尝到这个味道了，只有大红袍花椒才有这种让人后脑勺的头发都站起来了的感觉。"

看他全然没有了平时的斯文样，我想起自己第一次回国时，也这样白口吃花椒，追回出国几年吃不了家乡菜的遗憾，忍不住笑着用四川话征询他的感觉："要得哈？"他点点头："硬是要得。"二十几年了，四川话还是说得抑扬顿挫，有音乐感。

张先生余兴未尽，回味着刚才在餐馆的时光："那个夫妻肺片是牛筋代替的，聪明！他们拌凉菜的辣子是用热油烫香的，不是放在油锅里炸的，这就对了。"

我提醒道："他们的葱花是小葱，不是大葱切碎代替的。"

"哎，如果有火葱就更地道了。"张先生评论道。

"还有重庆小火锅，你看到没有？"我干脆和他讨论起来。

"看到了，居然有毛肚和鹅肠，还有血旺！可惜我吃不下了，如果有几个朋友，冬天围这么一炉重庆火锅，喝着小酒，那才是幸福满天飞哟。"

好吃的人，幸福就是这么简单。

我突然想起新开张的"炉香"烤肉餐馆，听说那儿的盐焗鸡制作特别，便告诉张先生去试试。

第二天，张先生真去了烤肉店，回来就赞不绝口。原来，一般盐焗鸡都是把鸡块腌好，再放到锅里，煎到皮脆肉酥，这家店却是把整只黄毛鸡用荷叶包了，再用岩盐裹了放到碳火上烤，烤熟的鸡放到客人面前，让客人自己切开。他说，当他剥开盐包，撕开荷叶时，心跳都加快了，荷叶里冲出一股热腾腾的鸡肉香扑面而来，鸡肉恰到好处的咸鲜味混着荷叶清香直冲脑门。这是我们四川的叫花子鸡嘛，我对老板娘说，可是那位广东老板娘说，这是她们粤菜的盐焗鸡！第一次领教，好吃好吃。

看他说得眉飞色舞，我不仅暗暗感叹：怪不得有人说，中国人最爱国的，还是自己的胃。不管出国以前多么稀罕吃西餐，真住到国外了，还是要吃回老家去，更何况他是一个回不了家的人。

于是我搜索记忆中有关四川食品的信息告诉他："你可以到华人超市买些重庆火锅底料，郫县豆瓣，包粽子的粽叶，带回东部去，自己动手，丰衣足食。"

张先生吃惊地问："这里还能买到这些？太好了，我一定要买回去，我太太肯定高兴。"

"对了，还有，附近有个上海食品批发站，那里的馬兰头青菜可是从上海空运来的，新鲜得很。烤麸，鳝鱼丝，都是地地道道的上海货，你太太一定喜欢。"

"哎呀，太谢谢你了，这个洛杉矶真好，华人的天堂。住在美国，吃在中国，两不差，以后要常来这里走走。"张先生真的是心满意足了。

等到他要走的那一天，笔挺的西装已换成了宽松的运动服。他有点自嘲地说："看我吃得，"他低头瞄一眼自己的腰身，"这一个星期，都胖得只能穿孕妇装了。"

临上飞机前，他特地去佳味川菜买两份辣子鸡，准备让东部的家人大吃一惊。

第二年暑假，张先生果真带着太太和女儿来到洛杉矶，住进我们小旅馆，休了一个星期的假。12岁的女儿去迪士尼，影城，海洋公园玩得好高兴，接着跟着爸爸妈妈吃中国菜。我问这个美国出生的小女孩，喜欢中国菜吗？她点点头说："喜欢。"中文发音特标准。

这时，他才告诉我，他是搞核潜艇研究的。去年退休后，以为马上可以回国了，至少可以去台湾或者香港走走。哪晓得有关规定说，为了保密，他这样的人，十年之内只能去一些无名小国玩玩，回国嘛，只有等十年了，气得他借开会的机会跑来洛杉矶大吃特吃一顿，找找回家的感觉。

几年以后，在他的"参谋"下，女儿考进加州大学洛杉矶分校。

张先生随即把家搬到洛杉矶，然后在旧金山、洛杉矶两个城市来回地跑，这里有他不少老朋友，老同事，但是很大一部分原因，还是为了不亏待他的中国胃。

我离开小旅馆的工作后，偶尔接到他的电话，向我打听国内最新的川菜是什么样的。我就把回国吃到的新款川菜向他详细描述一番，再告诉他洛杉矶哪一家新开张的川菜馆有相似的菜谱。为了这位回不了家的老乡，我也开始留意美味佳肴了。

细细算来，今年应该是张先生十年期满的年头了，估计不久，他会打电话告诉我，他终于可以回国，终于可以吃到正宗的家乡菜了。

偷渡到香港的留美学生

从凤凰城来洛杉矶会朋友的彭先生，带着太太和一双儿女，刚安顿好行李，就来接待室向我打听去艾尔蒙地市的奥林匹克游泳池怎么走。

他背着运动员用的大背包，网兜里隐隐透出游泳用的护眼镜，泳帽，大毛巾等游泳用品。

我想了想，只有才认识的知青朋友毅平对这些情况熟悉，于是拨通了毅平的电话。彭先生一听我对着电话称呼毅平，笑了，他说："我就是来会一个叫毅平的先生，真巧！"过了十分钟，毅平开着一辆乳白色的凌志车来了。一身白色的西装，风度翩翩，仿佛白马王子再现。只见彭先生给毅平一个大拥抱，然后互相用拳头捶对方的胸口，怪亲热的。毅平转过头来对我说："雪莉，这位先生是我的知青朋友，听说我们这里成立知青联谊会，特地从凤凰城赶来观礼和捧场的。"

我早就认识毅平，他为了报社的广告生意，来我们旅馆找老板洽谈多次了，其实生意早已被他笃定拉到，但毅平是个很懂人情的人，路过我们店时常进来看看，与我们这些雇员关系也好起来。我知道他正和几个大陆来的老知青在筹办知青协会，但没想到那么远的知青也跟他联系上，并且寻来了。彭先生呵呵笑着："来美国二十年，终于找到我们自己的组织了。知青，多亲热的称呼呀！"

毅平笑道："你这个偷渡客，二十年过去了，还没忘了游泳这个嗜好，走到哪儿，游到哪儿。"

彭先生似乎想起什么，转过头来问我："你是知青吗？"

"是呀。"

"那你会游泳吗？"

"会呀。"但是知青一定要会游泳吗？我有点摸不着他的路数。

"我们那时在广东当知青，人人都学游泳，而且是游长途。"

"为什么？"广东知青游泳都喜欢游长途，什么怪癖？我用疑问的眼光看着他。

彭先生不理会，接着问："你一次能游多少米？"

我有点被拷问的感觉，但因为能游，所以也不惧怕他自来熟的提问："几千米吧。"

彭先生点点头说："不错，你可以成为偷渡大军的预备队员了。"

毅平见我一头雾水的模样，笑着拍拍彭先生的肩膀，转头对我说："他是从广东偷渡到香港的知青。"然后回头问彭先生："是不是遇到知青，你都喜欢问别人会不会游泳？"彭先生扬眉笑笑，不吱声。

"你看过前段时间中国日报纪念知青上山下乡三十周年的专刊吗？里面有一篇文章是专写知青偷渡香港的故事，那主角就是老彭！"

"啊！那个被民兵抓了三次的偷渡客就是你啊！"老彭眯缝着眼笑笑，算是默认。

可是老彭这个知青，一不是黑五类，二不是狗崽子，为什么要偷渡香港呢？

"为了追求自由和光明啊。"老彭说，"我不能忍受自己就那样碌碌无为地一辈子当一个种田的无知农民。"

毅平告诉我："老彭偷渡到香港最初只能在码头当个搬运工。每天放工后，别人都拿着钱去喝酒，去泡妞，只有老彭捡张英文版的南华早报，咿咿呀呀地学英文。一年下来，他竟然能七七八八的看懂一些英文报纸了。有一个美国记者从朋友那儿听说了这样一个靠看破报纸学英文的青年人后，主动提出愿意当他的英文教师。"

我吃惊地看着这位彭先生：偷渡客、码头搬运工、看破报纸学英文的年轻人，这三者之间要划等号，似乎只有小说里才会出现。可是这三者画了等号的人现在就活生生地站在眼前。

我问老彭："你是怎样来美国的？"老彭笑笑："那位教我英文的美国记者后来劝我来美国好好学一门手艺，他担保我来的。"

"你的学费和生活费呢？"

"我在一家电脑公司里值夜班挣钱养活自己。学费嘛，先贷款，工作以后慢慢还吧。"听老彭说得很轻巧的样子，好像他在美国10年的求学求职经历，就像他现在说话那样轻松自然。

这时彭先生的太太带着一双儿女下楼来，与先生和毅平会合。

彭先生抱歉地对我摆摆手说："有空在知青大会上见。"与太太一起，带着孩子，跟随毅平去奥运游泳馆了。

第二天，我应毅平之约，去参加了洛杉矶老知青联谊会成立大会。只见公园的一角，被布置成当年知青下乡的景象：有看庄稼的茅草棚，有挂满黄草帽的知青之家，有战天斗地的红色标语和横幅，大约100多名闻风赶来的中国知青聚集在一起。

真像老彭说的，知青们一听说可以在这里见到老知青，就像找到了组织一样，呼啦啦来了一大片，见面就像见到亲人，互相询问下乡的情况，出国的经历，把出国后的一腔思乡情全撒在了周围的知青朋友身上。

我又见到老彭一家。

大家围成一圈，除了早已认识的毅平，还有柳岩，老秋，京玉，薇薇，他们有的是机械工程师，有的是知名大学图书馆的管理员，有的是中医医生，有的是在美国中国两头跑的生意人。

只见毅平招呼一个说广东话的老知青："思明，来来来，你又有了新的偷渡朋友了。"一个瘦小清秀的男生跑步过来，热情地握住了高大健壮，有运动员体魄的老彭的手："久仰久仰，早就听说过你的事迹了。当年你们是从那里下水的？"

真是三句话不离本行，偷渡客见面，先打探一下行内的资情。众人饶有兴趣的围在一起听他们回忆当年偷渡香港时的细节。

我悄悄问身旁的毅平，怎么知道彭先生那么多的事情。他说，为了在知青联谊会的成立大会上介绍几个有代表性的人物，他特地在电话里与一些人聊了一下各人的经历，所以知道的比较多。他告诉我，彭先生为了省钱，不租房子住，有八个月是睡在自己破旧的小车子里。

这在留学生中还是不多。

啊？八个月？

"那他到哪里洗澡上厕所呢？"在车里躺平还好说，但洗澡上厕所这个问题可是要有条件才能解决的，我不无担心地问。

"他找游泳池去游泳呀，游泳池都有洗澡间和厕所，既锻炼了身体，又洗了澡，一举两得。"

"那他是先洗澡，后游泳呢，还是先游泳，后洗澡？"我想起国内游泳池里常常有人不洗干净就下水游泳的人，不免担心老彭也将就游泳机会，顺便在泳池里先泡澡一番。

"不会，老彭不是那样的人，他当时虽然是穷学生，可是做事非常绅士。不过他也是够有毅力的，八个月住在自己的车里，比当知青时住破草房好不到那里去，他硬是挺过来了。"

思明和彭先生那边突然爆发出一阵笑声："老彭呀，你把车停在路边，难道警察不来清查和干涉你吗？"

"警察的手电筒每次都扫不到我，倒是常常有些小动物来看我。鹿啊，土狼啊，常来。"

"你睡个觉还挺热闹嘛，就像开Party。"大家打趣着说，也因为都是知青，才这样亲切地开玩笑。

"有一头熊来找过我的麻烦。那天晚上我从睡梦中被晃醒，还以为发生了地震，抬头一看，一头熊在推我的车，把我当小婴儿摇着玩，我一看不妙，发动起车，一溜烟走了。"

有人戏谑地问："那熊是公的还是母的？"

老彭认真地回答："我走得急，忘了问它。"四周的人都哄笑起来："是不是你的艳遇呀？"

老彭哈哈大笑："它要是穿了一件花衣服，我一定请她吃宵夜，可惜她太黑了。"

我问老彭："你干嘛把自己搞得那么苦呢？如果打餐馆工，小费多，手头也宽裕一些呀？"

老彭说："我开始也想去餐馆，收入好些，但是我的那位美国记者朋友反对，他希望我一鼓作气，快快读完学位，不要图一时的钱多，浪费时间。我觉得他的劝告是对的。"

"你住在车里时，有没有想过自己很辛苦？"

"辛苦吗？再辛苦，也比当个白丁强啊。要不，我们那么多知青为什么舍得付出性命，也要偷渡香港？

"那时你大学毕业了吗？"

"毕业了，刚找到一份政府的工作，所以敢回家省亲娶老婆了。"说完把太太的肩一揽，一双儿女也过来靠着爸爸妈妈，真是一幅幸福美满的家庭图画。

毅平说："我们来到美国，每个人都有一段曲折离奇的经历。但是今天能在这里相聚，真是有缘分。希望我们今后能继续联系，做一生一世的知青朋友。"

老彭一家要回凤凰城了，他特地邀我，下次来时，要约一帮会游泳的同好，下水一比高低。果然，以后每到夏季，老彭总要牵头，组织一次老知青的游泳比赛。

他说希望有一天，这些人还不太老的时候，组织当年的偷渡大军，从香港游回广东。

疯狂的爱狗族

　　杰克是一个非常帅气的小伙子，一头浓密的黑发，剑眉下一双黑亮的眼睛镶嵌在轮廓分明的脸上，运动员式的体魄，无论谁见了都会多看两眼。我猜想他是个有亚洲人血统的混血儿。

　　这个满口地道英语的年轻人，住在旅馆附近，因为家里在装修改建，太乱，无法安静休息，所以来我们小旅馆渡周末。没想到的是，杰克竟会讲一些广东话。杰克一跟我说中文，他的漂亮的白人女朋友就歪着头笑嘻嘻地看我们俩，大约她觉得男朋友能说中文非常厉害，偶尔还会模仿一两句中国话。

　　杰克对我讲广东话时，我还处于"只识听，不识讲"的广东话初级水平，于是，他讲广东话，我讲英语，他英语讲得太多到我听不懂时，我就讲国语，看看谁怕谁。杰克觉得这样的对话很有意思，每次来住宿登记时，一定找我说一通话。我们从这种广东话-英语-普通话的兜圈子对答中找到不少乐趣，慢慢变成朋友。

我知道了他有二分之一的中国人血统，他知道了中国内地还有一个大城市叫重庆。我知道了他家的宠物是一只大狼狗，他知道了我家有养猫的传统。

他说因为中国母亲的培养，他们家常常吃中国广东菜，于是我开导他，中国菜系还有四川菜也非常好吃，这个憨小子竟然真的找到川菜馆，学会了吃又麻又辣的川菜。总之，杰克从我这里学到不少标准的普通话，我也顺势从他那里学到不少英语的常用口语。

每次看他和女朋友牵着手，揽着腰，搂着肩进出旅馆，我都觉得这两个年轻人真是浪漫、幸福、无忧无虑的一对。

第三个周末，杰克和女朋友没有来住旅馆，我以为他们的房子装修好了。过了几天，杰克神色忧郁地来到旅馆，问我有没有看到一只走失的大狗？上次周末回家，发现留在家里的狗失踪了。

"大狗？"我们旅馆不允许带狗住宿，哪会有大狗出现。

"没见过！"我很肯定地回答他。

杰克拿出一张彩色照片，照片上他抱着一条大狗，眉开眼笑地对着镜头，狗的毛色黑白相间，梳理修剪得贴切整齐，身子坐得挺拔。一双褐色的眼睛炯炯有神地看着前方，两道雪白的眉毛斜插向额角，衬得一张脸轮廓俊俏分明，两只耳朵也有一圈白毛修饰，笔直地竖在头顶上，好威武的一条大狗。

"这就是你家的狗吗？"

"是，他叫哈里，跟我有六年了，就像我的兄弟。"

来美国几年，我慢慢知道了，狗在许多美国人的家里就是一个家庭成员，一条忠诚的狗在主人心中的分量不亚于人。

我只好按照自己的想法出主意："报警吧，也许警察能帮你。"杰克沮丧地点点头，留给我几张印刷好的彩色传单，失望地走了。

过了两天，又到周末，客人早早住满，我一边查对着登记卡和账目，一边暗想杰克的狗不知找到了没有？这时远远地听到一阵直升飞机的轰鸣声渐渐靠近旅馆的上空。一群墨西哥小孩从附近的家里跑到旅馆的大门边，指点着山谷大道叽叽喳喳的说个不停。我刚走到接待室门口就听到警车的鸣叫声，而往日车辆川流不息、宽阔的山谷大道这时变得空空荡荡，繁忙的车流在警车的鸣叫声中纷纷停靠路边。从山谷大道东边缓缓开来一辆白色小皮卡，三辆警车闪着红蓝灯，鸣着警笛，稳稳地保持着一定的距离在后面跟着。没有人从警车的大喇叭里喊话。轰鸣声越来越大的直升飞机仿佛漂浮在不远处的天空中，注视着地面的情况。我担心那些小孩子站在外面不安全，招呼他们离开旅馆大门，往后面躲一点，然后自己转回接待室，从临街的窗户往山谷大道上细看。小皮卡经过窗前时，我猛然发现，驾车的人面孔怎么那么熟悉？他不是丢了狗的杰克吗。

杰克怎么会变成被警察追赶的嫌犯？看他平时与女朋友的温馨浪漫，与我谈话的热情开朗，怎么也想像不到他会是被警察追得满大街跑的罪犯。目送远去的警车和直升机，我想，也许电视台的地方新闻有追车报导，赶快打开电视机寻找插播新闻。萤光屏上出现的画面与我刚才看到的一样，播音员说杰克因为受了刺激，精神状态出现问题，偷了一辆车，沿着蒙特利公园市，圣盖博市和柔似蜜市转了一大圈，警察不知道他车上是否有武器，希望沿途群众不要围观，以免误伤。

听到直升机的轰鸣，正在楼上干活的清洁工老陈跑下楼来，问我发生了什么事。我把杰克留下的寻狗传单拿给他看，说这个年轻人是我们的客人，不知为什么今天正在大马路上被警察追捕。老陈一边看传单，一边对那只大狗品头论足起来："好狗啊，哈士奇狗，纯种的！"

"哈士奇？你懂狗啊？"老陈在大陆是个海关的科长，他出国时，大陆还不许养狗，他来美国也一直是个打工仔，怎么会对狗有研究？

"我原来打工的那一家人养过哈士奇，那是阿拉斯加雪橇犬，对主人非常忠诚，属于朋友狗。你看看，这只狗的眼睛是褐色的，血统很纯正啊！我在几个地方打过工，主人家都养狗，我最喜欢的还是哈士奇，特听话，聪明，你见了也会喜欢。"

"这个杰克前几天还来旅馆找过他的狗呢，怎么突然又惹到警察了？"我自言自语的嘟哝着。老陈马上晃着他的圆脑袋："你呀，就是容易轻信人，来这里的客人复杂得很，你小心点。"我看了老陈一眼，笑他时不时地摆一摆万事通的架子。

直升机的轰鸣声第二次传来，我从窗户远远看到那辆白色的小皮卡又开过来了，皮卡的后面仍跟着那三辆警车，刚才被我招呼到屋后面去的小孩子像看热闹似的又挤到旅馆的接待室门前，向山谷大道张望，他们似乎认识杰克，不停的交谈中夹杂着杰克的名字，有大胆的还对他挥手，根本没有把后面跟着的三辆警车放在眼里。

我赶快回到接待室看电视，想听电视里的播音员又说些什么，这下子我确定那驾车的是杰克了。但他表情冷漠，既没有偷了车被追赶的紧张惶恐，也不像要杀人的凶神恶煞，脸上只是一片茫然表情。小皮卡仍慢慢向前开，三辆警车仍慢慢在后面跟着。

当直升机的轰鸣声第三次由远而近传来时，那群小孩子还在接待室门边张望，我问他们为什么不害怕，他们说认识杰克，是邻居，杰克不是偷车贼，是找丢失的狗找得疯了。我只好回来看电视，希望看到这个追车新闻能出现转机。

突然，杰克漂亮的女朋友出现在荧光屏上，她流着泪说，杰克心爱的狗走失了，她和杰克都很沮丧，几天来到处张贴寻狗的启事，狗还是没有回来，今天一早，杰克没上班，独自开着她的白色皮卡走了，她到处寻不见杰克，怕他情绪不稳，狗没找到，再撞到别人，出个车祸就不好了，她希望警察帮助她找到杰克，别让他再疯狂下去，也希望看到小皮卡的民众躲远点，以免杰克神智不清发生什么意外。

哦，原来是这样，怪不得那三辆警车总是小心翼翼地跟在后面，像老保姆一样，既不喊话，也没有围追堵截，看来他们是在看护着一个神智不清的驾车人。

从电视里看到，杰克的车走得越来越慢，最后终于停下来，大约是没有汽油了。杰克从车窗里向外举着自己身上脱下的白色T恤，吃力的跨出车门，双膝一软，趴倒在地上。警察见光着上半身的杰克一动不动地倒卧在地上，端着手枪，慢慢走到他的身旁，看他没有反抗的样子，才放心地上前，把他的双手反铐起来。没有使劲地推搡，也没有揪住头发，只是扶着他的双臂，把他押上后面的警车。

至此，一场警察追车的电视秀终于落幕。平时看电视里的警察追车新闻，都是看谁的飞车技术好，像这种毫无刺激场面的追车新闻，若论平时，我早就转台了。今天的追车秀主角是我认识的杰克，心中不免怅然。

老陈指着电视说："这小子要倒霉了，一架直升飞机在天上跟他绕圈子，三辆警车耗着汽油在后面追，光是这笔经济损失也够他赔一辈子！还有刑事责任呢，漠视警察的命令，偷驾女朋友的车子外出，慢慢坐牢吧。"我看了看老陈，心里不太同意他的断言。杰克又不是杀人放火，也不是毒贩黑帮，只是找狗找疯了，坐牢不至于吧。

过了两周，杰克出现在小旅馆的接待室门前，神情恢复了往日的风采，手里牵着那条照片上的大狗，身边紧跟着漂亮的女朋友时，着实让我大吃一惊。

我奔出柜台，开心地向他们问好。杰克喜笑颜开地回答着我，然后蹲下身子抚摸着哈士奇狗挺直的脊背。我也蹲下来，第一次这么近距离地看一只大型狗，心里有点胆怯。杰克对狗说："Harry, Hand shake，"哈里褐色的眼睛像懂事的小孩，看看杰克，再看看我，顺从地向我伸出它的右脚。我赶快握住哈里的脚爪，感觉到它温暖的脚掌，盯着它两只温顺的褐色眼睛，紧张的心防一下子松驰下来。

我问杰克是怎样找到他的狗？他说追车的消息播放后，警察接到报告：有人趁杰克离家时偷了他的哈里，警察根据报案线索很快找回了狗。一件困扰得杰克几乎发疯的难题竟然这么快就解决了。

我问杰克当时是怎么想的，难道不知道警察在追赶？杰克有点不好意思地看看我，说他这次真的是疯了。一发现狗不见了，他就变得大脑一片空白，每天的心思就是找狗。茶不思，饭不想，狗没回家，他觉得是自己没有努力去找，没有问遍每一个人，没有找遍每一个地方，没有更大的嗓门呼唤哈里回家。只要能找回他的哈里，他愿意走得满脚起泡，把车开到天涯海角。他没有功夫想更多的，只想找回自己忠诚的朋友、兄弟。如果找不到哈里，他不知道自己还应该干什么。

我问他，出动了警车和直升飞机追你，没有让你赔偿损失吗？他说当然要受罚，他将去做义工，然后分期偿还金钱的损失，不过，不至于倾家荡产。只要哈里回家了，什么都好说。

"那你不会坐牢了？"

"不会。"杰克笑起来，

"警察没有责备你扰乱治安吗？"

杰克很认真地看着我说，警察也养狗，理解他一时的精神混乱，警察还指定他去看心理医生，花了几天时间才让他恢复正常的心智。

听完杰克的叙述，我为老板的规定感到遗憾起来，如果杰克上次可以带狗住进旅馆，也不会发生这么大的风波了。

我把一片燕麦饼干放在手心，送给这只失而复得的哈士奇，杰克像教育自己的儿子一样对哈里说了一声"Say thank you"，已经站立在一旁的哈里又坐了下来，身子坐得笔直，向我伸出右脚，我赶快与它握了一下手，然后平摊出那块饼干。哈里侧头看看饼干，顿了顿，舌头轻轻一卷，把饼干勾进嘴里，喀嚓一声咬碎饼干，美美地享受起来，杰克和他的女朋友满脸甜蜜地看着哈里，就像看自己的孩子。

这是我第一次真真切切的感受到了美国人的爱狗情结，也是第一次见识了美国警察温馨可爱的一面。

我想，热爱生活，热爱生命，是一种美德。在这个法治社会里，无论是警察还是平民，因为有了爱，疯狂可以即刻化为和谐，而我看到的是，生命受到了尊重和保护。

一张化妆照片

立君是从华盛顿来的大陆老知青，她这次来洛杉矶是专程陪八十岁的老母亲参加老朋友的盛大PARTY。

我看看和她站在一起的老母亲，瘦小的个子，满头银发，自然卷曲的发丝随和地向后一弯，勾在耳后。明亮的双眼，嵌在轮廓分明的深眼窝里，时时露出温馨的笑容。她穿着一件白色的夹克衫，脚蹬一双白色耐克鞋，像个运动员。很少看到老人把白色穿得这么生动，干练，充满活力。我忍不住仔细打量她，一边在登记栏里帮她们寻找合适的房间，一边对老妈妈热情地打招呼："您好，漂亮妈妈。"漂亮妈妈笑着点点头："你好，靓女！"是一个说广东话的老太太。

晚上，我到洛杉矶大陆"老知青联谊会"去参加春节晚会的排练，竟见到了立君和她的母亲张妈妈，原来她们要参加的PARTY，就是洛杉矶老知青举办的华人春晚啊！

张妈妈端坐在小乐队的中央，她是扬琴手。她旁边的周伯伯曾是京剧院的老编剧，戏曲家，正在调试手中的京胡。手风琴演员是知青钢琴家舒纳。小提琴手是协会的第一届会长柳岩，一个机械工程师。还有其他的笛子、二胡、大鼓、小镲，都是老老少少的知青或知青父母。张妈妈的老朋友是乐队的指挥，几年来一直鼓励她搬来洛杉矶住。立君想，洛杉矶气候好，如果能在这里找到工作，就带老母亲过来。全家人一合计，难得母女俩一起出来享受天伦之乐，不如趁这次演出，参观一下洛杉矶，和一些老朋友相会，再谈谈工作的事，就兴致勃勃地过来了。

看张妈妈熟练地敲打扬琴，我忍不住问立君："你妈妈以前是搞文艺的吗？满有风度的。"

立君笑起来："那里呀，她才学了三个月。不过她早就想学一样乐器，说是可以防止脑子退化得太快，这次因为演出，就一鼓劲学上了。"

我很吃惊，张妈妈不仅外表不像八十岁的老年人，做事也不像老年人，仅仅三个月的时间，竟然把扬琴敲得像模像样，要知道，一个小乐队，扬琴几乎是头羊啊。

立君说："可不是吗！我妈妈做事特有恒心。她要做的事，一定能做成。"

第二天早晨我上班，立君从外面餐馆买了早点，回来经过接待室顺便带了一杯咖啡上楼。她和妈妈10点钟还要去排练场地与乐队的几个老人家练习，晚上再与整个乐队合练。

我问立君，排练时间安排得这么紧张，老太太能吃得消吗？还有五天才开演呢。立君说："老太太说了，这一次是最后一次玩大的了，以后就只能玩小的了。"

我很感兴趣，张妈妈所说的，玩大的和玩小的是什么，但是彼此还不太熟，不便问，不过，一个不是专业演员的普通人，在八十岁高龄时要登上洛杉矶有名的歌剧院大舞台表演，确实应该算是大动作罢！

这五天最后的排练，每天晚上我都看到立君陪着妈妈在排练场，与几个和她差不多年龄的知青父母在一起认真的，一丝不苟的练习。张妈妈总是最早到排练场，帮着摆好椅子，谱架，结束时又帮着把排练场地收拾干净。谁忘记带乐谱，她会帮着再复印一分送去。渐渐地，她成了这个乐队的核心人物。休息时，张妈妈会和立君过来看我们排练舞蹈，见我跳得满身是汗，她体贴的把一件外套给我披上，提醒我当心着凉。

终于到了星期六，演出的晚上，我开车在约定的时间把她们母女送到剧院后台，然后急急忙忙地帮人化妆去了。一时间，整个后台花团锦簇，平时走到人堆里普普通通的老知青们，化好妆后一个个亮丽夺目，再换上鲜艳的演出服装，过年的气氛一下子浓厚起来，整个后台的温度似乎都升高了几度，有的人干脆拿出像机互相拍照，想把这喜气洋洋的时刻记录到自己的镜头里。

导演在彩排完后，跑来找到我："可不可以让化妆组的人帮几位老演员化妆？"

"哦？"

我这才发现乐队的几位老乐手，知青父母们，坐在角落里，安静地，眉开眼笑地欣赏着自己的孩子们突然变得这么漂亮的场面。

糟糕，怎么把他们忘了！

这时立君牵着妈妈的手，走到我的面前，轻声对我说："是我的意思，我想让妈妈和几位老人家正式演出时也漂漂亮亮的。"

"马上马上，我们这就来。"

我和化妆组的同伴们，把几位老妈妈老伯伯请过来，坐成一排，安置在化妆台前，张妈妈坐在了我的面前。看到几位老人家笑吟吟的，信任的眼神，我忙了一下午的燥热一下子冷静下来。

张妈妈怯怯地说："我们乐队的不要化了吧，老都老了……台上也就几分钟时间。"

立君说："几分钟也是在台上啊，别人都化了，你们几个不化妆，不协调。"说得几位老人家都不好意思地笑了。

化妆组的晓梅说："我们保证给你们化得淡淡的，不会太浓，会跟其他人合衬的！"

我还从未给老年人化过妆。就是现在这种化妆技术，也是来美国后，跟在化妆品柜台的化妆师后面偷学来的。给年轻人化化简单的舞台妆还凑合，给老年人化，真是头一回。我心里有点发怵。

回想起我的母亲也有一张化妆照，那是我的女儿大学毕业后回国探望外公外婆，连哄带骗的把两位老人家拉到婚纱影楼去拍全家福化妆照时留下的。我的母亲年轻时是美人，可是在战争年代，就是结婚，也没有化过妆。活到七十多岁，突然被要求拍化妆照片，难为了好久，到底拗不过心爱的外孙女儿，让影楼的化妆师仔仔细细的给化了一把，拍出来的照片顿时获得全家上下的赞赏。

对了，母亲的妆是清新，温和的感觉。

我仔细端详着张妈妈的脸，她的五官长得很端正，只要把眉毛修一修，轮廓就更加动人了，尤其是她那双眼睛，在广东人特有的深眼窝里，只要看着你，就是一份安祥。

我小心翼翼的为张妈妈修剪了两道仍很浓密的眉毛，布了一层薄薄的底色粉膏在脸上，然后开始为她化眉眼。张妈妈安静地听着我的指令：睁眼，闭眼，看上面，看下面。不一会儿，一双眼角微微上扬，眼光清澈的眼睛，在两条弯弯的眉毛衬托下，笑意盎然地看着我了。鼻梁在深色粉的陪衬下，也挺拔了。淡淡的腮红使整个脸变得有活力。最后化嘴唇，用深红色唇线笔勾勒出轮廓，吩咐张妈妈抿一下嘴唇，让红色唇线向唇中心晕染一点，再加上淡红的亮色唇油，整个嘴唇的立体感出来了，没有夸张的红唇，但却有饱满的活力感。

看着这张生动的脸，我不相信她是八十岁的老人。张妈妈也微笑地看着我。她没有像年青人那样要求看镜子，只是信任地看着我。

立君在一旁从头看到尾，这时忍不住说了一句："妈妈，好漂亮啊。"

我把张妈妈的头发重新梳理了一遍，特意把自然弯曲的几络头发向额前拢了拢，然后把她推到有明亮灯光的大化妆镜前，请她看看自己的妆合适不合适。她看了一眼镜子，笑盈盈地转头对我说："谢谢你，我结婚时都没有这么化过妆。"

立君看着镜子里的妈妈，扶着她的肩头，大声说："妈，你真漂亮！你现在起码年轻二十岁。"

离开演只有半点钟了，化妆间窗外的光线暗下来，原先明亮的玻璃窗变成一面面黑色的镜子，默默地映照着繁忙的后台。

立君取出相机，把母亲带到一块白墙前，要为她拍一张近照。

趁立君调光圈时，张妈妈悄悄转过头，看看旁边颜色变暗的玻璃窗，身体微微倾前，习惯地抬起右手，借着这面黑色的"镜子"，将头发往后捋了捋。立君调好光圈，等走来走去的人少点时，立刻招呼妈妈看镜头。张妈妈面带笑容的转回头看向立君。

咔塔一声，立君抢拍到了妈妈最自然的瞬间笑容。这是张妈妈的第一张化妆照。

那天晚上，参加演出的有近一百人，经我手化妆的不下十多人吧，但是，让我念念不忘的就是这位八十岁的老妈妈的脸，她的美丽是用慈祥打底色，所以更动人心魄。

演出当然是成功的，尤其是器乐合奏，演员有老有少，乐器有中有西，专业和业余混合，硬是把观众们耳熟能祥的几个曲子演奏得声情并茂，高潮迭起，整个会场为这个节目响起的掌声最热烈，最长久。张妈妈站在前排中央，笑容满面的与乐队队员一起站起来向观众一再鞠躬谢幕。

星期一我去小旅馆上班时，立君已带着妈妈退房，返回华盛顿了。临上飞机前，她给我打了一个电话，谢谢这几天对她们母女的照顾，尤其是给她妈妈化的妆，让她和妈妈都特别满意。她说，那天晚上回到旅馆，妈妈一直在房间里走来走去的收拾行李，直到十二点才洗脸上床睡觉。她说，妈妈平时是个很沉得住气的人，但是她还是感觉得到，妈妈那天很高兴，而且不断有意无意的到大镜子前整理一下头发。

过了两周，我突然接到立君的电话，刚刚问完好，立君在电话的那一头哭了起来。

她说，回到华盛顿一周后，妈妈在半夜里因为心脏病发作，晕厥倒地，来不及抢救，也没有住院，连一句话都没留下，就去世了。现在她们正在准备妈妈的追悼会，灵堂里用的照片是两周前她在剧院后台给妈妈拍的化妆照。那张照片看不出是化了妆，但是妈妈却显得特别神清气爽。

啊？张妈妈，那么健康、精干的一个老人家，竟然走了~走得那么快，那么干净，就像她那个人一样，做什么事，做到最好，然后是一个完美的谢幕。

三天后，我收到立君寄来的一封信，拆开一看，是张妈妈的照片，那张化妆照片。这是她的第一张化妆照，没想到竟成了她的遗像。

晚上，我到知青联谊会去，在小乐队的排练室里，又看到这张化妆照片，照片贴在墙上，周围一圈白色的纸花，刚好是乐队队员的人数。乐队指挥告诉我，他们收到张妈妈去世的消息后，都很难过，用立君寄来的照片为老人家布置一个小小的灵堂，纪念这位曾经同台演出、庆祝过中国农历年的老队员。

我在这里看到了张妈妈的讣告。

乐队队员周伯伯，一个京剧老编剧家，是张妈妈还在国内时就认识的老朋友了，他一边整理讣告，一边念叨："老张是在美国出生的中国人，她的父母是随着淘金热来美国的老广东华侨，为了减轻在美国生活的负担，也是为了孩子的教育，他们的父母在孩子小学毕业后就把他们送回国。老张回国不久，抗日战争爆发，她是学生中的爱国青年，很快就加入了共产党的抗日组织。老张利用她的美籍身份为抗日战争做过地下工作，后来又参加东江游击队上战场打过仗，被敌人俘虏过，交换人质时才逃脱一死。是个出生入死的老革命呀。"

乐队指挥也是张妈妈在国内时的老朋友，他把立君寄来的一摞吊唁信件分发给我们。这些吊唁信都是张妈妈在国内的一些老战友，老同事，老上级写来的，当中有许多在省一级的领导职位上，他们都异口同声的称呼张妈妈是大姐。他们说张妈妈有着不平凡的一生，她的坚韧不拔，宽容仁爱让他们永远仰慕、怀念。从这些信件中，我感觉到一个受人尊敬的老人的份量。

乐队指挥说："老张早年参加过抗日合唱团，那时我们就认识。她唱歌呀，是记谱最快的。刚解放时她就在省里当领导了，反右斗争时被打成了右派，降了职，后来职位慢慢升上来。文化大革命又把她打下去，说她是美国特务，漏网右派，一辈子都是'运动员'，但是她一直坚守自己的信念，没有想过离开中国。等到老了，老张才回到自己的出生地美国看看，把几个因为自己的历史问题耽误了上学的孩子也接来美国，希望她们能在美国接受完整的教育。"

我来美国后认识了不少类似张妈妈这样经历的老人，一辈子，风风雨雨几十年，她们用自己的青春热爱着脚下的那片热土，最后却落脚在异国他乡，是悲？是喜？即使是我们这些经历过文革的知青也难以说清楚。

乐队指挥召集所有的队员坐下，把那天演出的曲子，为了怀念张妈妈再演奏一遍，而张妈妈扬琴的位置特意为她空着。我们这些参加春晚演出的老知青们从里到外，围满了排练厅，静静地听他们的演奏。

我抬头看着张妈妈那张贴在墙上的化妆照片，眼前浮现出她敲打扬琴的身姿；

她静静地从立君身后递给我外套时亲切的眼神；

她站在舞台中央和乐队的乐手们起立向观众谢幕的笑容……

几个老队员眼里含着泪光，在他们的记忆里最深的，或许是张妈妈在东江游击队的英勇身姿，或许是张妈妈参加抗日合唱团的歌声，只有他们了解张妈妈这一次"玩"的心情。

她的老朋友们说她是个不平凡的人,在我这个陌生的晚辈眼里,她是一个善良,美丽,坚韧,慈爱的老太太。

化妆照我有很多,但是这一张,永远保留在我心中。

影迷的命运

　　洛杉矶的好莱坞闻名于世，每天都有世界各地的影迷到这里参观好莱坞影城，到星光大道朝拜影星的手印脚印，到圣塔莫妮卡海滩寻找无数次电影镜头上出现的比基尼滑板车道，到繁华的购物街罗代尔路尽头，遥看威尔谢尔大街上"漂亮女人"曾经住过的豪华旅店。无数对电影可以创造出奇妙幻境的做梦人来到洛杉矶寻找自己的梦境，有人梦想成真，有人肝肠寸断。

　　阳光小旅馆在圣诞节前住进一位台湾来的老先生。175的高个子，挺直的身板，茂密的花白头发向脑后梳得整整齐齐，清晰的五官虽不苟言笑，却有一份沉稳和帅气，加上一身笔挺的西服和雪花呢长大衣，看起来像个公司老板。他白天出门，晚上回来，安安静静，从不提什么要求。圣诞前夜的下午，我看到他手执一只红玫瑰出门，除了穿上笔挺的大衣，头发和皮鞋比往日更加光亮可鉴，看来，是出外赴约。两个钟头后，老伯回来了，手里的玫瑰没有了，神情却是有点落寞。

"Merry Christmas！"我用英文对他祝福道。老伯点点头，用中文回答"圣诞快乐"。

他没有像往常一样上楼，而是走到我的柜台前，轻声的，但是有礼貌的问："你知道伊丽莎白.泰勒吗？"是带山东口音的台湾国语。

"知道啊，世界著名的电影明星。"

"我刚才去见她了。"

"哦，您认识她？"

"认识啊，几十年了。"他的脸上露出温和的笑容。

"哦，是啊，今天是圣诞前夜，泰勒家里一定很热闹？"我想从他那里也许可以听到一些明星轶事，就蛮有兴趣地问他。

老伯眼帘往下一垂："我知道她很忙，所以只是把玫瑰花送到门口，如果她忙过了，会打电话给我的。"

我茫然看着他，然后突然醒悟过来："哦，您是说，如果有您的电话，马上给您转到您的房间去？"

老伯搓着手，竟羞涩地笑起来，点点头，马上又说："我听不懂英文，如果她来电话了，你可以给我翻译吗？我就在这里等？"

"可以啊，不过，总机的话筒只有一只，您怎么听呢？"我心里却在纳闷，几十年的朋友，不懂英文，怎么交流呢？

"没关系，我可以在旁边听。"

这时，接待室里的饮水机前，站立着202房间的海伦在用热水瓶接热水，她是从纽约来的重庆姑娘。

电话铃声突然响起。老伯从刚刚坐下的沙发里弹跳起来，疾走到我面前。

"哈喽，刘姐，我是简妮，请你叫海伦接电话。"是202房间的简妮打来找海伦的，也是一个重庆姑娘，12岁随父母来到北卡州，刚刚获得Double E（电气电机学）博士学位。

"海伦，快点上来，艾尔·帕西诺的访问开始了。"艾尔·帕西诺是电影"教父"里的男主角，把一个年轻帅气的意大利军官如何慢慢变成纽约意大利黑帮首领的过程演绎得惊心动魄，荡气回肠，迷倒了千千万万的少女。海伦扔下电话跑上楼去了。

老伯失望地坐回到沙发里。

接待室里安静下来。我翻看老伯的登记卡：刘春生，来自台湾台北。

"刘伯伯，您从台湾来呀？"

"是啊。我差不多每年都来洛杉矶。"

"您做生意吗？"

"不是，我就是来看朋友。"哦，是来看朋友的。

每年都来，看来这个朋友很重要，我小心翼翼地问："是来看泰勒小姐吗？"

"是啊，她太忙了，没有办法去台湾看我，只好我来看她了。"他又羞涩的笑笑，低下头去。

"您来洛杉矶都是泰勒小姐邀请您的吗？"

"是啊，都是她邀请我的。"

"可以看看泰勒小姐的邀请函吗？一定很漂亮？"

"哦，我们之间的邀请不用邀请函的，她心里的想法我都知道。"刘老伯诚恳的解释。

我突然一下子明白过来，这是一个影迷，伊丽莎白·泰勒的影迷，但是还是有一点拿不准。

"你们几十年的朋友，一定有她的照片吧？"我问："泰勒年轻时可是玉女，现在老了也是玉婆呢。她的照片可不是轻易能得到的。"

刘老伯迟疑了一会儿，从西装内贴胸的口袋里慢慢摸出一只信封，又慢慢抽出两张照片递给我。还真是伊丽莎白·泰勒的两寸大头照片！泰勒披着一头大波浪卷发，身子略微侧向一边，头向正面转过来，一双半透明的大眼脉脉含情，俏丽的脸上荡漾着优雅的微笑。照片的右下角是她飞扬飘逸的签名---伊丽莎白·泰勒。看发型和面容，应该是泰勒60年代的照片，照片的边角已被磨损得发毛。照片后面没有刘春生的名字，看来是秘书将泰勒签字的馈赠照有礼貌的回赠给影迷，刘老伯一直珍藏在胸前的口袋里。另外一张是泰勒的彩色正面照，也有她龙飞凤舞的签字，泰勒似蓝似紫的双眼深情看着前方，是人看着都会怦然心动。背面仍然没有刘春生的名字。

"这是泰勒送给您的？"

刘老伯微笑着，肯定地点点头。

"这应该是她的秘书代替她给影迷的回赠照片吧？"

"秘书是按照泰勒的吩咐寄给我的。她心里有我，不然那么远，她怎么会只寄给台湾我一个人呢。"刘老伯毋庸置疑地解释道。

"那，她怎么认识您的？"老伯低头笑笑，没有回答，接着又说："她太忙了，没办法陪我。但是她来台湾两次，就是为了来看我。"哦，这可真的是有点奇怪了，从没听说过泰勒去台湾是为了见一个名不见经传的人，接待她的都是当时的大人物呢，比如宋楚瑜什么的。

"哦，您在台湾见到她了？"

"没有，她一路上都在忙，没有时间见我。"

"她不是来看您的吗？怎么没有时间见您呢？"

"有人控制着她，她不能随随便便出来见我。但是我知道她是专门来看我的。我们很知足了。"

现在我彻底明白了，我们小旅馆住了一个痴情的泰勒迷。

在他等待泰勒电话的两个小时里，我知道了他对泰勒的单相思，是从他二十五岁开始的。那时他在军中当大头兵，身边很少看到妙龄少女。突然在电影上看到天仙一般美丽的伊丽莎白·泰勒，就情不自禁的爱上了这个电影中人。以后，只要有泰勒的电影，他都会第一时间去看，而且反复看，时间长了，他飞来洛杉矶，终于说动了一个懂英文的大学生帮他写了一封信寄给泰勒，他想，只要他心诚，泰勒会爱上他的。果然，他给泰勒寄出信后，泰勒给他寄来一张照片！还签字了！几年过去，泰勒再次与别人结婚的消息传来，他明白了，泰勒不可能与他结婚，因为泰勒是别人的摇钱树，不可能与自己真心喜爱的人在一起，所以，退伍后，他学会了开车，成了一个出租车司机，梦想着有朝一日泰勒挣脱了控制，接他去开车。这期间，他开出租车攒够了一笔钱，又一次飞来洛杉矶，左打听右打听，终于打听到泰勒在比华利山庄的住址，径直去到泰勒家大门口，通过门房送进一封信，然后回到旅馆，几天后，收到了泰勒寄给他的第二张照片。他怀揣着这张彩色照片和满心的希望回台湾了。

自从接到这张彩色照片后，刘老伯隔一两年就飞来洛杉矶一趟，到泰勒的门前或是送一只红玫瑰，或是送一封信，期待着泰勒再给他一张照片，期待着真正看到泰勒一面，期待着哪怕是做泰勒家的花园园丁，能够常伴在泰勒身边。晃眼几十年过去了，刘老伯没有恋爱过，更谈不上结婚，他的青春岁月都在思恋泰勒中度过。现在，他已经72岁了，可能再也没有体力支撑十几个小时的飞行，也许，这就是最后一次来洛杉矶看望心爱的泰勒小姐了。

两个小时的谈话，被电话铃声打断了几次，每一次我接电话时，刘老伯都探身专注地看着我的话筒，每一次又失望地退回身子，坐到沙发里去。

快10点钟了，白天兼职两份工作的皮特才匆匆忙忙赶来接夜班。我特别交待皮特，注意刘老伯的电话，及时给他转到房间去。

刘老伯转身上楼去了。

202房间的海伦和简妮这时下楼来冲咖啡。皮特一边挥手叫我快下班，一边点头说："我知道，我知道，他是来找泰勒的。你放心吧，我会关照他的。"

海伦和简妮蛮有兴趣的看我一眼，问道："刚才那位老伯真的是找伊丽莎白·泰勒的呀？"

"嗯，泰勒的影迷。"两个年轻的女孩子饶有兴趣的笑着："嘿，还真没见过这么老的影迷。"

"你们两个不也是艾尔·帕西罗的影迷吗？是不是来参加他的电影首映式的？"我打趣她们。

"哪有圣诞节首映式啊，我们是来玩的。"

皮特说："你们和他不同，他是专心专意的爱了泰勒一辈子，你们不过是年轻好奇，好玩。"

大胆的海伦问皮特："你怎么知道他爱了泰勒一辈子？他跟你说的？"

"他没跟我说，"皮特说的是港式普通话，那个"说"字有一个长长的尾音。

"他好多年前来洛杉矶，跟住在这里的两个留学生说啦，那两个留学生帮他写了一封英文信给泰勒，结果泰勒给他寄来一张照片。留学生告诉我的呀。"皮特的"说啦"，"告诉我的呀"长长的拖腔，使人忍俊不禁。

"嘿，好办法耶，我们也给艾尔·帕西罗写一封信，讨一张他的签名照？"简妮拍着手跳着脚说。

"你花痴呀！"海伦笑着拍了简妮一下。

"嘿嘿，你当年不也是恨不得嫁给刘德华吗？"简妮回嘴。

海伦有点不好意思，指着简妮对我说："刘姐姐，你当过医生，简妮的妈妈也是医生呢，是精神科医生，当年，她看到我们这群中学生迷恋刘德华，不但不骂我们，还陪着我们去看刘德华第一次来内地的演唱会，演唱会完了，又陪着我们在她的医院休息室里打地铺睡觉，第二天带我们回家继续完成学校的作业。那时我们好感激简妮的妈妈哟。玩归玩，自己该做的事还要做好。"海伦说了一大堆话，我才知道她们有一个专业的精神科医生引导着，顺利度过自己的"青春期"钟情妄想阶段。

皮特问："你们两个不是来洛杉矶寻找好莱坞当演员的门路的吗？"

皮特值夜班，常常有顾客找他聊天，他也乐得夜班不寂寞，给过往客人提供了不少信息，尤其是这些年轻女孩子，看他健谈，又不吝帮忙查找信息，所以很快与他聊天变成朋友。

海伦说："不是我，是简妮，自从在她住的那个北卡州小镇上当选了"中国小姐"后，就一心梦想来好莱坞做演员，放着电机博士的好头衔不要，硬是要改行当演员。"我这时才仔细看了看简妮，细长的双眼灵动有神，笑起来甜甜的嘴型，瓜子脸，纤细圆润的脖颈，加上修长的身段，还真是个典型的中国古典美女样。

古典美女简妮说："当演员有什么不好，也不是每一个人都可以当的。"她嘟着嘴笑嘻嘻地反驳。

皮特说："中国人要在好莱坞当演员，首先要英文过关，你在美国读了大学，英文是没有问题咯，可是你要找一个好的经纪人才行啊。"

简妮马上认真地说："我们这一次来就是见经纪人的。"她眼巴巴地看着皮特，想从这位美国通的嘴里听到一些有益的建议。

海伦说："是你找经纪人，不是我哈。"海伦是一个浓眉大眼，说话爽快的姑娘。

简妮回嘴道："那个经纪人不是你的朋友吗？"两个女孩子嘻嘻哈哈又打闹起来。

我问简妮："你妈妈同意你去当演员吗？她当初那么努力把你们这些小姑娘带出那个，嗯，迷恋偶像的妄想？"我有点拗口地说着精神科的医学词语。

细眉细眼的简妮认真地回答道："我妈妈说，人的愿望会随着年龄的增长，环境的改变而改变的。只要我读出了 Double E 学位，她就同意我自己选择职业。我现在已经完成了学业，得到学位了，还是没有改变当初的想法啊。但是，我也知道了妈妈的用意，如果我走不通演员的路子，还是可以找到一个好的工作，自己养活自己。"

"你妈妈真有办法，讲好条件，让你有更多的选择。"我笑着赞同。

第二天早上我上班不久，刘老伯来到接待室。

没有泰勒的电话。皮特交班时已经告诉我了。我失望地看着刘老伯，摇摇头。这时海伦下楼来了，她大声嚷嚷着说，"我们今天想开车去Bel—Air转转，刘先生，听说你对那里熟悉，可以作我们的导游吗？"Bel-Air是比华利山庄居住电影明星，政要，金融巨头最多的区，因此各国旅游客人常常被带到那里观光。

海伦这个女孩子是个大嗓门，热心肠的姑娘，我不知道她又要演哪一出戏。这时简妮也下楼来到接待室，热情的眼光看向刘老伯。

刘老伯等了一夜的电话，知道可能又等不到他想要的电话了，现在突然被邀请与两个年轻活泼的姑娘一起重探明星住地，再去泰勒小姐的门前，当然高兴，一口答应了。

不知这两位神通广大的姑娘是如何说动了刘老伯，等到下午四点，她们回到旅馆后，竟央求我用里间值班室的电话直接打国际长途到刘老伯的山东老家，寻找他失散在老家的亲人。

简妮轻声告诉我，也许刘老伯找到自己的亲人，就不会太纠结在思念泰勒的这种妄想之中。我为这两个小姑娘的热心举动大大感动，拿出我的电话卡，让她们任意拨打。

在我工作的空闲时间里，进去值班室看她们如何寻找刘老伯在大陆山东老家的亲戚。从美国时间下午四点，大陆时间早晨八点开始，简妮守着电话机打了十几个电话，终于找到了老伯家乡村子里最老的乡亲。那老乡亲说，刘家的人自从刘老伯这个独生子离开后，父母早早去世，其它亲戚已经走散，不在这个村子里住了，究竟去了哪里，他也说不清楚。看来，找亲人转移刘老伯念头的做法行不通了。简妮说，还是帮刘老伯再写一封信给泰勒小姐寄去，如果没有回音，就可以再劝老伯死了这份思念，回台湾安心度晚年。

简妮是美国大学毕业的博士生，写一封简单的英文信简直是手到擒来。她用旁观者的口气写道："泰勒小姐，我们是住在这个小旅馆里的学生，遇到刘先生，受他之托给您写信。刘先生几十年来是您的忠实的影迷，他曾多次从台湾飞来洛杉矶，在圣诞节前向您送一枝红玫瑰。如今，他已经是72岁高龄，恐怕再也没有体力支撑飞来洛杉矶了。我们和他一起，祝愿您，伊丽莎白·泰勒，永远美丽，健康，善良。"

信里按刘老伯的意愿留下了小旅馆的地址和电话号码，以及他在台湾的地址和电话号码，很快寄出去了。

我问简妮，为什么要这样用心地帮助一个明显有精神问题的老人。简妮的回答让我动容："这位老先生耗尽一生在这个怪圈里转不出来，他自己不知道自己其实是有精神疾病，旁人也不知道他的病态心理是可以药物治疗的，总是歧视他，嘲笑他，如果他知道自己的痛苦是可以药物治疗的，愿意主动走出这个怪圈，配合治疗，他是可以有一个新的生活的。但是我们帮助他的人首先要诚恳。"

"没想到你这个女孩子还有这么缜密的心思。"我感慨道。

"这是简妮妈妈在家里聊天时，教给简妮的心理保健常识。"海伦笑嘻嘻的在一旁解释。

第二天，刘老伯再到我的接待室时，已经不那么焦急地问有没有他的电话了。他说，如果早一点认识简妮和海伦，还有我，他也许早就回老家去寻找亲人，或许早就在老家找到一个媳妇，成家过日子了。

临走之前，他又忍不住回过头来，从上衣内的口袋里抽出一个大信封，慢慢取出一张开始发黄的照片，照片上是刘老伯和泰勒的并肩照，但是明显的是两张不同的背景的照片放在一起合成的。刘老伯剃了一个军队士兵的小平头，身穿军便装衬衣，一副憨厚老实，忠心耿耿大头兵的标准照，泰勒则是一张正面照，明目皓齿，星光熠熠。"这是您做的结婚照吧？"

　　刘老伯点点头，不好意思地笑笑，接着，他又抽出两张信纸，用英文写的，不过是复印件。"哦，这就是那些学生帮您写给泰勒小姐的信吧？"刘老伯又羞涩地点点头。

　　"刘伯伯，如果泰勒小姐给您回信了，我一定会转给您的。不过，我觉得您还是不要抱太大的希望，从您写给她的第一封信到现在，几十年了，泰勒已经结了八次婚，如果她真爱您，会找您的。"

　　刘老伯紧接着说："那不怪她，她是被别人控制了，身不由己。"

　　看来老伯在他的圈子里一时半会儿转不出来。不过，既然他说了愿意回老家娶媳妇，还是有清醒的时刻，简妮和海伦的一番苦心还是有见效啊。

　　刘老伯离开洛杉矶时，原先花白的头发，几乎变得全白。是啊，这是他耗尽一生的追求，现在是最后一次尝试，还是失望归去，怎不让他白了头。

　　他一再嘱咐我，一定要及时将泰勒小姐的回信寄给他，又留下了他在台北的电话和通信地址。

　　刘老伯回台湾后，给我来过几次电话，问有没有泰勒小姐给他的回信。等到圣诞前夜时，他一定会打电话给我，祝福，问候，并询问有没有泰勒小姐的电话。到了第三年的圣诞节。我再没有接到刘老伯的电话。我拨通他在台北的电话，也没有人接听，估计是离去了。

因为这位泰勒迷，我和简妮竟成了朋友，很多年都保持着联系。

简妮在洛杉矶的一家大公司找到了电机工程师的工作，又在海伦的朋友帮助下，找到了一个专门帮助演员纠正英文发音的台词教师，决定很快搬到洛杉矶来，开始她向着好莱坞演艺圈冲刺的路程。

两年后，简妮在台词教师的帮助下，英文发音越来越像本土出生的美国人，她终于接到了一些小制作中的角色，开始了演艺之路。

十多年过去，她几乎每个星期都有广告或者小电影的角色机会，最近竟听到她接到了"纸牌屋"这个轰动全美电视大制作中的一个角色。看着她一步一个脚印的朝着自己的目标执着的走去，我不断地为她喝彩，这时，我也常常会想起老影迷刘伯伯手执红玫瑰走出小旅馆的身影。

好人缘的老陈

说起清洁工老陈，可真是个婆婆妈妈，啰啰嗦嗦的男管家婆。

老板林先生原本让我管着他，结果做起事来，我总觉得是他管着我。比如房间清理好了，他在电话里大声命令："201房间好了，可以卖了，记住，千万别卖给抽烟的人！"明明知道我不会收吸烟的客人放到这间无烟客房，还是要以命令式的口吻捎带一句，然后撂下电话，让我一个人在楼下慢慢品味，所以我们之间的对话，时不时会带着一点硝烟味。

早晨，许多客人早早离开，也有许多客人早早来到，希望早一点进房间安置自己的行李，然后好赶去办其它的事情，偏偏老陈每天睡到十点才起床，慢悠悠地晃到接待室来煮他的早餐吃。他敢睡到那么晚才起床，是因为半夜有客人离开，老板规矩是一定要马上清洁了再卖出去，所以，老陈常常要熬到半夜以后才能得到休息。

其实老陈也是蛮辛苦的，因为没有合法打工的身份，所以老板林先生总是拿这个事儿压他，说，你每个月一千块美金的净收入，住在我这里是免费的，水电也是免费的，每天的饭菜，只要收集客人房间的剩饭剩菜，也是免费的，再加上小费，一个月你净赚一千多块呢，比那些博士生还赚得多。那些博士，每个月房租水电，养车买汽油，买菜买肉吃饭下馆子，一个月剩不下几个钱，你也是在我这里才有那么好的运气。他这样的算账方法当然是站在老板立场算的。当着老板的面，老陈驯服地低头听着，干活时就天马行空，自由发挥了。

老陈是住了单独的一个房间，在旅馆最尽头，锅炉房的楼上，冬天还好，夏天就惨了，洛杉矶的冬天就只有三个月，二月份一过，太阳没有雨云遮挡，气温立马飙到华氏80度，楼下是锅炉房，楼上，就像开了锅的火炉，根本无法休息，因为那个房间在转角处，为了节省空间，连洗手间都没有，难怪老板安排清洁工住在这个房里，说是免费，其实是根本卖不出的房间。老陈对于没有洗手间还比较可以适应，一个男人，只需一只尿壶就解决了，洗澡，随便哪一个空房间，抽空钻进去冲个凉，也就是几分钟的事儿，难不倒老陈。老陈常常说，"我下乡插队时，那条件差多了，还不是要过。"言下之意，这点困难算不得什么。所以，老陈虽然睡在火炉上烤着，没有洗手间憋着，还是把小日子安排得有条不紊。每天早餐十一点才把早餐吃完，一边吃早餐，一边跟我闲聊天，其实是安排这一整天的房间：哪一个房间需要安置住一周的，已经有老客人向他预定了，哪一个房间最好安置短期的，他好清扫。我通常不会与他争这个"领导权"，有人把工作安排得好好的，我干嘛操心呀。我最烦他的就是他说着说着话，"科长"的架子出来了，话里话外的教导我，说得我烦了，就呛回去，他大大地叹气，"哎，你这个女人呀。"听到他说这样的话，实在是让我又想呛他一句。

可是，老陈也有让我服气的地方。他对吸毒贩毒的人，一看一个准，只要发现苗头不对，立刻提醒我把这种坏客人设法请出客栈。如果我在前台遇到捣乱的客人，他在楼上听到风声不对，马上会从楼上赶下来，站在接待室里，坏客人看到眼前这个白白胖胖，脚蹬千层底圆口布鞋，身穿Ralph Lauren(拉夫 劳伦)名牌体恤衫的男人双眼直瞪瞪地看着他们，闹不清楚他是什么来头，只好停止无理取闹。老陈对于我这个前台经理，其实是一个很好的搭档。

老陈因为有自己单独的房间，所以，别看他是个清洁工，还常常有艳遇发生。老陈就悄悄告诉过我，曾经有一个自称是作家的中年女子，说没有钱，没有朋友帮助，央求老陈收留她做女朋友，让她有一个落脚的地方。老陈断然回绝了，他说那人是个"神经病"，沾不得。我相信老陈的眼光，他在小旅馆干活的时间长了，看人的眼光还真是有一套。可是，那位落魄的"作家"毕竟还是可怜的人啊，后来，老陈告诉我和皮特，他帮助那位女人找到台湾人的"慈济"收留了她。

从拉斯维加斯来了一个瘦小的女生小夏，说是为自己的剖腹产留下的肚皮伤疤整容，住到了楼下101房间。她住进来后，特地来前台告诉我，她将要做手术，希望多多关照。第二天手术之后，小夏是被诊所的护士送回来的，紧跟着，老陈去了小夏的房间，过了一会儿，他来到我的前台接待室，说那个小夏好可怜，开刀开得脸色苍白，也不住院，开完了就送回旅馆，喝口水都动弹不得，他得帮小夏几天。

我抽空赶去101房间，看小夏脸色苍白地躺在床上，额头上冒出细细密密的冷汗，听到我进去了，费力地睁开眼睛，叫了一声"刘姐"就眼泪出来了。我赶紧上前，摸摸她的脉搏，脉搏有点快，手凉凉的，是麻药过去了的疼痛反应，我用纸巾轻轻沾去她额头上的汗水，她慢慢掀起毯子，整个腹部缠满了白纱布，呀，这么大的创面，这要是在大陆，一定需要住院观察几天的，现在她居然就这么单独一个人回来了，没有人照顾是不行的啊。

"有人来照顾你吗？""没有。"我现在才知道，她的"多多关照"是真的需要"关照"。老陈上前一步轻轻晃着头说："我来照顾她吧，你在前台哪里走得开？"老陈在说比较谨慎的话时，总会轻轻晃动着头说。从那一刻起，老陈一天往小夏的房间跑无数次，一会儿送开水，一会儿送新毛巾，还随时向我汇报病情。老陈问我，女人坐月子都吃什么，我知道他想给这个小女生补补身子，就吩咐道，煮一点稀饭先让小夏别饿着，然后去附近华人超市买一只乌骨鸡回来，熬鸡汤给小夏吃，老陈一溜烟跑隔壁的华人超市了，煮稀饭的任务就落在我手上。等老陈回来，稀饭已经熬好，老陈小心翼翼地捧着稀饭到101房间去了。过了一会儿，老陈回来，问我，鸡汤该如何熬制。我看老陈又要清洁房间，又要照顾小夏，就教他，鸡汤只能分成一小盅一小盅的隔水蒸，这样才香，也有营养。蒸鸡汤太费事，你去忙那边吧，我在前边守着，抽空进里屋去蒸。

前台接待室的里屋是一个小厨房，有冰箱，这里是老陈和夜班皮特的"私人厨房"。老陈刚要离开去楼上继续清洁房间，接待室来了新客人，看我忙着接待客人，老陈麻溜地进去厨房了，等到我送出了客人，老陈已经把乌骨鸡打整干净，切成了小块儿。

几年的打工生活，老陈已经是个彻头彻尾的煮夫，做饭做菜又快又好，有些老客人知道老陈的这个手艺，就常常央求老陈特别给他们做宵夜，老陈自然是有求必应，有小费收是很重要的动力因素，但是有人拿他当朋友，与他聊天，却是让老陈最开心的事。这些客人也真的拿老陈当朋友待，他脚上一年四季穿的老北京千层底布鞋，"内联升"的，就是他的客人朋友从北京特地买来送给他的礼物，一双还没有穿旧，新的又送来了。北京人常说，爷不爷，先看鞋，老陈指明要"内联升"出产的千层底圆口布鞋，说打工走来走去穿着舒服，他的朋友明白了，这个清洁工的品味不比北京的部长差。老陈抽的三五牌香烟也是他的老客人朋友送的礼物，不管是台湾来的还是中国大陆来的"空中飞人"，都在飞机上买免税香烟给他，Ralph Lauren的T恤衫也是客人到工厂直销店买了回国送礼的大包里，抽出一件送给他的。我常常想，老陈如果不出国，一定会因为好人缘做了大官儿。

第二天一早我刚接班，老陈少见地早早来到接待室，哈欠连天。原来他在101房间陪了小夏一夜。我问他，怎么可以在一个女孩子房间里待一晚上，不怕人家女孩子多心呀。老陈揉揉疲倦的双眼说，那个女孩子根本不能动，想尿尿都下不了床，只好我扶着她，抬起半个身子，移到床边往痰盂里尿。

"你也是的，铺一张尿片，让她尿在尿片里就行了嘛。"

"不行啊，她尿不出来，憋得哭呢，一定要我扶她起来坐在痰盂上尿，哪里搬得动？后来就像给小孩使尿一样，半扶半抱的，才算是把小便解出来了。你说她遭的这个罪吧，哎！"

"亏得小夏个子小，不然你怎么搬得动？"

"哎，整什么容嘛？哪个女人剖腹产了不留下疤痕，又不是长在脸上。"老陈嘟哝着进接待室后面的厨房洗脸去了。

说归说，看到小夏这样无依无靠，没人管的样子，老陈还是每天去101房间照顾她。隔水蒸好的乌骨鸡汤，小米稀粥里卧上两个鸡蛋，熬得浓浓的雪白的鲫鱼汤，源源不断地，热气腾腾地送进101房间。我去看小夏，她的脸色一天天的红润起来，慢慢可以自己起身坐在床边了，可以站起来移动脚步了，终于有一天，她走到了我的前台接待室。

　　原来她来洛杉矶整容是瞒着她的老公悄悄跑出来的，一个星期里，她的老公发疯似的到处打电话找她，她关了手机不接电话，一是没有力气说话，二是不想在电话里吵架，现在可以走动了，明天就可以拆线了，所以特地过来告诉"刘姐"，可否帮她一个忙，如果有人找她，绝不要泄露她住在这里。哦，这样啊，看来我这个前台经理又会有麻烦找上门了。

　　小夏告诉我，她和丈夫来美国后，很快找到拉斯维加斯赌场发牌员的工作，算是很幸运了。可是丈夫看着别人赢钱眼红，手痒下海，很快就把两个人的积蓄输得一干二净，然后到处借钱赌，朋友们见了他就躲。没有钱，他逼着小夏把私房钱拿出来让他翻盘。小夏的钱是留着将来儿子来美国读书时要用到的，哪里可以交给这个赌红了眼的男人去打水漂。接下来就是丈夫的拳脚相加了。小夏思前想后，这样看不到前途的生活有什么意思啊，终结这种不死不活的日子，只有一条路："离婚！"离婚以后小夏不能一个人单打独斗地在美国混啊，总要找一个合适的伴儿，所以，第一件要做的事情就是把过去的生活痕迹全抹去，最明显的就是肚子上的妊娠纹和剖腹产的刀疤必须消失，自己干净利索的一个人，不受过去生活的干扰。说到这里，小夏撩起衣襟，让我看她的肚子。不得不承认，这个医生的手术确实做得干净，女人生育后肚子上的妊娠纹是无法用膏药抹掉的，而医生的手术刀却将整个松弛而且有妊娠纹路的皮肤全部拿掉，重新缝合，除了用羊肠线做的内缝合的伤口还可以看到，其它的皮肤干干净净，小肚子紧绷平坦，没有任何痕迹，而这条缝线，也会随着时日慢慢平复。

　　我暗暗叹息："如果不是被那个赌棍丈夫欺负得绝望了，哪个女人愿意受这么大的痛苦挨上一刀啊。"

不出小夏预料，她的赌徒丈夫真的侦查到了她住的旅店，把电话打进旅馆前台了。小夏对我直摆手，示意说没有她这个人在这里住。我挂了电话后，小夏恨恨地说："果真是她出卖了我。""谁？谁出卖了你？"她的自言自语引起我的疑问。"我的最好的女朋友。"原来小夏怀疑闺蜜与她的老公暗中有鬼，刚才故意将自己的住处只透露给了闺蜜，现在赌鬼丈夫找来了，证实了她的猜想，也让她更坚定了自己的决定，回去就摊牌。

第二天，小夏的丈夫来了，一个瘦小的南方人，嚷嚷着要找小夏，问她住在哪一个房间。小夏这时早已经躲到老陈的屋子里，还好小夏没有告诉闺蜜她的房间号。所以在我的接待室里吵半天，我就是一个不知道，请他去别处问问。老陈赶来到前台，看小夏的丈夫吵吵嚷嚷，插话了："你可以留下电话号码，如果你的老婆来了，我们就叫她给你打手机。"小夏丈夫正要留自己的电话号码，想想不对，老婆知道自己的电话呀，干嘛要留一个把柄在陌生人手里。于是大骂老陈贼骨头。老陈一摊双手说："你要找老婆，现在没办法帮你，让你留个电话号码，你又骂人。走了！"老陈转身往外走，小夏的丈夫急了，一把拉住老陈说："你如果不是骗我，就把房间都打开，让我去找。""那怎么行呢，每一个房间都给你打开？就是老板来了，也没有这个权利呀，警察来了还差不多，但是也要有特别搜查证。你去别处找找吧，啊，去别的旅馆找找。"老陈一边说，一边挥手让小夏的丈夫出去，这位刚才还气势汹汹的丈夫被老陈教训得泄了气，骂骂咧咧地走了。

老陈知道小夏整容的真相后，更是把她当做女儿一样保护了，做饭煲汤，洗衣打扫，忙活得不得闲。白天老陈上班，小夏躲在他的房间里，晚上看看安全了才回楼下自己的房间睡觉。拆线两天后，伤口已无大碍，小夏眼泪汪汪地告别回去了。三个月后，小夏从拉斯维加斯回到了洛杉矶，特地来小旅馆看望老陈和"雪莉姐"，送给老陈两条三五牌香烟，送给我一件绣花毛衣，表示感谢。她已经彻底离开了丈夫，准备开始自己新的生活。在前台说完了话，就去到后面的洗衣房，帮着老陈叠毛巾，洗毛巾，与老陈有说有笑，好像一对重逢的父女。老陈也特地煮了自己早已经包好的冷冻饺子款待这个曾经落难的姑娘。好几年，小夏都常常来看望老陈，每次来都带礼物送给老陈，在老陈后面的洗衣房帮着清洗毛巾，把各种用空了的清洁剂瓶子加满，把老陈第二天上班要用的所有备用品摆好在他的小推车上，然后才离去办她自己的事儿。

除了小夏这个不是闺女的闺女，老陈还有一个"红颜知己"——文嘉。文嘉是一个曾经的舞蹈演员，嫁给一个军干子弟，两人双双从北京去到香港做生意，小日子本该过得很美好了，不料丈夫有了第三者，还悄悄在外面生了一个儿子。文嘉和丈夫本是青梅竹马，受到这样的欺瞒，失望至极，决定离开丈夫，带着五岁的女儿飞来洛杉矶。丈夫觉得亏欠文嘉，又疼爱自己的女儿，协议每个月给文嘉五千美金，希望女儿的生活教育有保障。文嘉拿着这笔钱，倒是不愁吃穿，可以常住旅馆，愁的是精力过剩的小女儿没人照顾。她看中了每天爱说话，会做饭，脾气随和的老陈，提议老陈为她们母女做饭，她出外做事时，女儿由老陈帮着照管。老陈离开中国几年了，看不到家人和女儿，突然有一个带着小女孩的漂亮女人要他搭伙做饭带孩子，重新回到有家庭的生活，还有工钱可拿，当然高兴。文嘉的女儿青青是个古灵精怪的小美女，从小失去父爱，把老陈当做了保护神，走到哪里都要老陈陪着，晚上不睡觉。文嘉要忙自己的生意，只好让老陈去哄小孩子睡觉，老陈拍着小姑娘的背讲故事，小青青睡着了，老陈也困得睁不开眼，就留在文嘉的屋子里睡了。时间长了，小青青知道自己一耍赖，老陈就会留下来讲故事，拍着她睡觉，这个习惯维持了一段时间，等到文嘉呵斥小青青不懂事，老陈叔叔每天还要上班，不能太累了，小姑娘才依依不舍的放老陈回自己的房间睡觉。老陈在我这里吃早饭嘟囔着述说小青青时，我开玩笑地问老陈，你没有乘这个机会占便宜吗？老陈马上正色道："那怎么可以！我只是可怜那个孩子。何况文嘉在外面有的是男人追求，哪里会跟我想的一样，我和老婆的感情好啊，她在国内帮着照顾两家的老人，我可不能够做对不起她的事儿。"老陈就是这样一个"柳下惠"。

老陈还帮过另外一个"女朋友"温迪。温迪是从湖南来的中年女人，丈夫有了小蜜被她发现后，她愤然离了婚，带着女儿，来洛杉矶寻找新生活。这样的客人在小旅馆并不鲜见，可是温迪却与老陈结下了长久的友谊，缘由还是因为温迪带着一个十岁的小女儿。小女孩儿刚刚经历了父母离婚的伤痛，惊魂未定，就来到了人生地不熟的美国，每天待在这个狭小的旅馆里，没有玩伴，没有亲人环绕，像个受惊的小鹿，见到生人就想躲起来。老陈一直在等待遥遥无期的亲属移民排期，一年两年，三年四年，女儿和老婆都无法来美探亲，老陈也不敢回国探亲，怕回去就再也进不来美国，时间就这么一天一天的拖下去。老陈见不到自己的女儿，见到别人家的小女孩儿就特别亲，想方设法找她们说话，带一些客人留下的彩色的英文图画书给寂寞的小女孩看，帮这母女俩从超市买回便宜又好吃的时鲜水果，介绍几个中文电视频道给她们解闷。温迪见老陈是个热心人，就慢慢放下心防，有什么不了解的事情都向老陈这个"老美国"打听。一个月后，温迪在老陈的参谋下找到了一间后院的出租屋，那间小屋独立出入，还自带洗手间，租金也便宜，离小旅馆又近，不用开车就可以来找老陈商量事，母女俩高高兴兴搬进去，算是暂时安下一份心。

温迪在国内时，是与丈夫一起白手起家的生意人，离婚以后也分了一半的财产，吃穿住宿一时半会儿不发愁，但是也不能坐吃山空啊，她动起了做生意的脑筋。不懂英文，又没有一技之长，通过职业介绍所找到的工作都是去有钱人家做保姆，做清洁工，温迪带着一个十岁的女儿，绝不可能住到别人家里做家庭工，找了好几家职业介绍所，都没有找到合适的工作。看到职业介绍所的人不断地用电话联系雇佣双方，温迪突然想到，这些职业介绍所的人，不就是靠打电话联系供需两方，然后在介绍所让双方见面，收取佣金的吗？这种小把戏，对于温迪这样的生意人简直就是小菜一碟，问题是，职业介绍所的开业地点放在哪里太重要了。自己找工作的这一段时间，温迪摸到一点规律，一般找工作的新移民都不会开车，所以介绍所地点需要安放在华人聚居的地方，而且还要公车方便开到附近。她将自己的想法告诉了老陈。

听说温迪想开职业介绍所，老陈觉得她是一个有胆量的女人，他在这个地区住了几年，对附近的商业区了如指掌，马上带她去到一家华人超市附近的录影带店，与老板商议分租一个柜台台面，安放一张椅子，就算是职业介绍所的办公室了。从此，温迪在这个地方开始了她的"白领"生活，赚到了许多新来美国的华人梦想不流汗不流泪的第一桶金。多年的生意经验，使温迪熟谙与人打交道的门路，很快有雇主找上门来，温迪的生意越做越兴旺。终于有一天，在介绍了不少人的工作之余，她为老陈介绍了一个让老陈欢喜的零时工。

一户住在圣马力诺富人区的豪华大房子需要雇人每个星期去整理一次花园，和打扫房间的重体力活，工钱优厚。

主人不在这里住，所以，老陈的工作时间完全是他自己决定。这栋豪宅有三层楼高的门厅，两间主卧室，六间客房，五个浴室洗手间，两间大客厅，环绕式炉灶围着椭圆形的吧台，开放式厨房干净得一尘不染。上万尺的后院里有二十棵果树源源不断的结出四季鲜果，供人享用。除了游泳池，冲浪吧池，还有网球场，门球场，加上后院里鲜花不断开放，这里真是与世隔绝的世外桃源。豪华住宅里只有一个中年女佣李妈常住，她维持房间的日常清洁，在主人偶尔回来时负责做饭打扫，老陈来上班，她就给自己放假，出外办自己的事情了。每周一次的大扫除，挨个房间的吸尘，擦拭高处的玻璃窗户，清理花园杂草，修剪草坪，这些活儿对于下乡当过几年知青的老陈，简直就是小Case。偌大一处空间，难得一个人独处，老陈可以放开嗓门吼唱高亢的京剧了，在这个空荡荡的房子里还可以听到共鸣声，也可以随意哼哼记不清楚歌词的流行歌曲，过一把唱歌的瘾，好潇洒，好痛快。老陈一边干活儿，一边表情丰富地把当知青时在生产队里表演过的戏目挨个复习一番。这份工作没有压力，不用赶时间，一周夜班白班连轴转的紧张劳动之后，再来这里，就像放松运动，而且工钱不菲，好不惬意。

不知不觉，一年过去，到了新年前的一周，老陈照样又唱又跳地干完了清洁活儿，正准备关门离开豪宅，楼下书房门打开了，走出来一位与老陈年龄相仿的中年女人，笑盈盈地招呼老陈："你就是老陈吧？"老陈回头一看，呀，这个女人从书房出来，应该是这栋房屋的女主人了，可是她说话和气，没有一丝居高临下的主人架子，使老陈放下惊奇，自来熟的性格让也他不拘谨，点点头说："是啊，我是老陈，您是陆太太吧？"女佣人李妈曾经告诉老陈，这栋房子的主人叫陆太太。

陆太太轻柔地走到客厅里来，歪着头打量了一下老陈，笑着说："你的京剧唱得很地道嘛，是北京人吗？"老陈一听，没想到刚才乱吼乱叫的京剧被人偷听去了，顿时觉得脸上热烘烘的，有点手脚不自然，心想，要是知道有人旁听，一定不会乱飚高音，刚才还在楼梯上扮杨子荣骂小炉匠呢。陆太太并没有打趣老陈的神色，也没觉察老陈的尴尬，反而对老陈说："过两天就是新年了，除夕晚上，我请你来吃年夜饭，可以吗？"老陈吃惊地看了看陆太太："您是说，需要我来帮着做饭？""哪里，你辛苦了一年，我让李妈做几样上海菜，请你到这里过年，可以吗？"老陈这才明白，陆太太是真的邀请他作为客人来吃年夜饭。老陈在小旅馆总是给别人做饭吃，现在一个豪宅的主人请他吃年夜饭，还是头一次，当然可以。

除夕夜，老陈穿上朋友在去年送给他的大红大绿的夏威夷衬衫，外头套上客人丢弃不穿的咖啡色毛呢夹克，千层底圆口布鞋换成很少穿的黑皮鞋，骑着自行车，隆重赴宴了。

豪宅的女佣李妈是个上海人，做得一手地道的上海家常菜，香喷喷的摆满了饭厅的大桌子。陆太太穿了一件暗红色开司米薄毛衣，胸前别了一只小巧的银色别针，很随意，但却不失过年气氛，李妈穿了一件美国人常常在圣诞节穿的红白相间，带珠花镶嵌的毛衣，喜滋滋地陪坐在旁。陆太太举起手中的红酒杯，首先祝酒："谢谢你们帮我照顾房子，辛苦了。Happy New Year！"

几巡酒喝过，大家放松下来，陆太太问老陈，来美国几年了，都做过一些什么工作，见老陈回答得轻松愉快，不觉问道："你以前在国内当科长，算是白领了，在美国做清洁工觉得辛苦吗？"

"嗨，比起我当年下乡当知青，就算不得辛苦了，至少能够吃饱饭嘛。"

陆太太微微一笑："我也当过知青。"

"什么？你也是从大陆来的？你也当过知青？"老陈瞪大了眼睛。

老陈满脸惊愕，有点不相信似的环绕看了一周大厅里的豪华家具和挂在墙上的巨幅油画，陆太太知道他心里有疑问，轻描淡写地说："这些东西是我父亲的，我现在在密西根大学读书，有空时过来帮着照看一下。"

"哦，是你父亲的。哎，你当年在哪里下乡啊？"听说是知青，老陈马上把陆太太划归成自己人，说话就近了几分。

"内蒙。"

老陈一听，猜想这个陆太太可能是北京知青。"你爸爸是高干吗？怎么会在这个区买大房子？"

陆太太收起笑容，说："我父亲解放前去了香港，我和母亲留在了北京。"老陈仔细看了看陆太太，见她脸上表情凝重，问道："那么你是有海外关系的黑五类子女了？"

陆太太轻轻点点头："去内蒙时我被安放在边远地区。"说到这里，她停了停，转换了话题："所以你唱的那些样板戏，我都知道。"说完陆太太又露出了笑容。

"嗨，瞎唱呗，干活时唱唱就不累了，我不知道你在家里，不然就不会大声干扰你做事了。"老陈讪笑着，不知道说什么可以给自己解围，抬头一看，墙上挂着的油画，好像自己看过的俄国画家作品《无名女郎》，他转头看看陆太太，又看看《无名女郎》，突然像发现了新大陆，指着那副油画："这油画上的人怎么看着眼熟？"陆太太微笑着也看看油画。老陈看着陆太太的侧面脸，突然醒悟过来似的："哦，是不是有点像你啊？"陆太太笑起来："那是一百多年前的人物了，哪里会像我？"老陈站起身来，走近《无名女郎》，仔细看看画儿，又回头看看陆太太。

陆太太微笑着："不过我倒是有一点俄罗斯血统。"

那画中的女子高傲自尊的神情确实与眼前温和浅笑的陆太太不像，但是她眉眼中透出的刚毅，满怀思绪的神情却时不时出现在陆太太的一瞥一笑中。这是一幅表现贵族气质的女子肖像，怎么听着都与"陆太太"这个特别中国的称呼不相称，可是为什么就总觉得有几分相像呢？

老陈正在纳闷，陆太太解释了，"我小的时候混血模样更多一些，所以父亲根据记忆买了这一幅翻拍的油画肖像挂在这一处屋子里，梦想我住在这儿。没想到他后来真的找到了我。"

陆太太看看老陈，见老陈沉默不语，笑笑问道："你知道这张画叫《无名女郎》，看过不少画儿吗？"

"哪里呀，瞎看呗。"老陈怕说起陆太太与父亲长久分离的往事气氛沉闷，开始眉飞色舞的说起来："文革时我们中学的图书馆没人把门了，我和同学晚上悄悄去了好多趟图书馆，偷了不少书出来看，偷嘛，又不敢声张，不敢开灯，手电筒都蒙上一张毛巾，见到像是小说的书就往怀里装。《无名女郎》就是那时候看到的，一本画册，彩色的，里面好多世界名画呢。"说着说着，老陈叹了一口气："现在没得中文书看了，净是一些花里胡哨的杂志报纸。"

"你都看些什么书啊？"陆太太蛮感兴趣的问。

"什么都想看，闷得慌，就是没得看的。"陆太太觉得老陈是个读书人，怎么来了美国十年还在做着出卖力气的清洁工，问道："你来美国有什么打算吗？做清洁工只是暂时的？"这一下子触到了老陈的痛处。他告诉陆太太，到美国是探视弟弟来的，弟弟马上为他申请了亲属移民，按规矩是应该回国等待移民排期，可是老陈想，既然已经来了美国，就打工挣一点钱，为读中学的女儿将来到美国读书打好基础。弟弟告诉他，总统换届时一般会大赦非法移民，所以，他最大的愿望是等待总统换届，得到大赦绿卡。盼星星盼月亮，总统换了两届了，也没有等来大赦，只好黑了身份，打最苦最累的清洁工。陆太太惋惜地叹了口气："哎，真难为你了。"

一直在旁边忙进忙出的李妈这时插话："听说许多人去办政治庇护，都办下来了，你没有花点钱去办？"老陈正色道："我没有被迫害呀，不能够撒谎啊，我又不是办不到身份，只是要等排期。"李妈说："你都等了十年了，和你一个时间来的人只怕孩子都来美国读完大学了。"这一下子说到老陈最揪心的事了："我女儿读书很努力呢，现在来不了美国，我就寄钱回去，让她去了澳洲读书，她读完了学位先回国，等我这边排期到了，她和我老婆就可以正大光明地来美国和我团聚了。"李妈指着老陈："你呀，也太认真了。"老陈摇摇大脑袋，说："嗨，不可以撒谎的。"

听到这里，陆太太站起身，对老陈说，"你去书房看看，喜欢哪本书就拿去看吧。"老陈没想到大房子的主人竟然这么好说话。在陆太太鼓励的眼神下站起身，去书房选书去了。

陆太太的书房好大啊，四面墙壁从天花板到脚底全是书架，老陈找到了中文的部分，慢慢浏览起来，从四书五经到唐诗宋词，从"红楼梦"到"西游记"，从"战争与和平"到"飘"，比老陈原来的中学图书馆藏书还要丰富。老陈像是进入了阿里巴巴的藏宝洞，看得眼花缭乱。文革时偷偷跑进中学图书馆是去偷书，黑咕隆咚，慌慌张张的，现在是正大光明的被允许进来挑选自己喜欢的书，老陈拿起这一本，放下那一本，看得好开心。挑过来选过去，最后拿了一本《第三帝国的兴亡》上集，捧在手中出来。陆太太看他选了这样一本书，抿嘴笑了："拿去看吧，看完了再接着看中集和下集。"然后拿出两个红包，一个给李妈，一个给了老陈。老陈欢天喜地地骑着自己的自行车回到旅馆，打开陆太太给她的红包，哇，这辈子第一次收到这么大的红包，五百美金！老陈兴奋得一晚上都在读那本新借来的书。等到第二个星期，老陈再去豪宅时，陆太太已经回密西根州了。

李妈告诉老陈，她在这里做了四年工，从来没有与主人一起吃过饭，这一次能够与主人一起吃年夜饭，是沾了老陈的光了。来家里Party的人都是陆太太的父亲的朋友，非富即贵，从来没有看见陆太太这么高兴地与一个不富也不贵的清洁工自由交谈。老陈走后，陆太太对李妈说，老陈是知青朋友，这么多年了，还保持着知青时的诚实朴素，是个好人，如果老陈想看书，可以借给他。老陈把《第三帝国的兴亡》看完以后，没有再借书，一是主人不在，不好意思再去书房乱翻，再者，他怕不小心把别人的书弄坏了。

两年以后，陆太太毕业回香港，帮助父亲打理家族生意。她的父亲卖掉了这栋豪宅。陆太太离开美国前，曾请李妈问老陈，是否愿意随她去香港做工，老陈认真想了想，回绝了。李妈说老陈真是一个死脑筋，陆太太最看重的是老陈的诚实朴素，干活不会耍滑头，跟着陆太太去香港，一定会有一个好的工作和收入。可是老陈思前想后，还是想等着总统大赦后，自己有了合法身份，接老婆女儿来美国一家团聚。

又是十年过去了，老陈在奥巴马卸任总统，开放移民大赦之前的三个月，终于等到了他的亲属移民的排期，得到了他梦寐以求的绿卡，这张绿卡让老陈付出了二十年的等待。我们都说，老陈与总统大赦无缘。可是老陈不后悔，他说，在他的支持下，女儿已经成长为一家大型外资企业的高管，他的老婆也将他们夫妻双方的父母尽孝送终。

老陈虽然没有人们心目中的成功人士光环，但是在老婆和女儿的眼里，他是家庭的骄傲，在朋友和同事的心中，他是诚实可靠的人。

后 记

这篇"阳光小旅馆"从2001年开始陆续写出，在朋友圈里传阅，有朋友说，怎么像是我知道的故事，是谁告诉你的，有的说像看电视连续剧，一些热心的朋友还提供她们自己的经历给我，让我继续编，其实我写的都是真实的人物，真实的经历。

都说汽车小旅馆是社会底层最藏污纳垢的地方，但是这里也有阳光，也有希望，不管是怀抱美国梦的新移民，还是当地出生的公民，在这个最底层的角落里仍然不放弃人性中最美最善的追求，让我在初到美国的困苦日子里时时看到希望，感受温情。

曾经遇到一位国内著名电视台的年轻导演，打听谁可以找到门路让他采访著名电影导演李安，著名篮球运动员林书豪，著名刑事鉴识专家李昌钰，这些人都是中国人的骄傲，已经被成千上万次地在国内外报道过。

在美国，除了那些如日中天的成功人士，其实还有上百万的普通中国人，他们许多人当年怀揣几十美金闯天下，经过数十年艰苦奋斗，在美国立住脚跟，买下属于自己的花园洋房，为美国社区贡献出富有华人色彩的文化和美食，他们在美国主流社会同样赢得了尊敬。

　　希望我的故事可以为那些落到社会边缘仍然坚持梦想，从零开始，从头再来的先行者们留下一份记录。

附：刘松散文小辑

最美不过夕阳红

　　来美国前，我们都对美国社会是儿童的天堂，老人的坟墓这个说法深信不疑。十多年前我进入美国的老人保健中心工作后才发现，不管是儿童还是老人，在美国都受到了社会极大的照顾和爱护，老人保健中心就是在这样的政策下诞生的。来到保健中心的人们五花八门：有落魄的贵族，也有住老人公寓的退休族。华人开办的老人中心当然是华人的天下，从大陆、台湾、香港以及东南亚来美国的老年华人都愿意到这样一个有保健，有娱乐的地方来寄托自己远离故土的思乡之情。这些人很多都经历过战争，逃难，为了躲避动荡不安和贫穷，流落到世界各地，晚年时在美国找到了一块属于自己的安乐去处，珍惜之情可想而知，他们的特殊经历和现在的生活状况在我们这些后辈的眼里如同一幕幕温情的人间喜剧。

舞者彩云

　　吴妈妈来我们保健中心时81岁，她走到我量血压的桌前时，我以为她70岁：腰不弯，腿笔直，昂首挺胸，面色红润，丰满的面颊没有横七竖八的皱纹，修整得弯弯的眉毛衬托出一双月牙似的笑眼，我正忙得不可开交时看到这样一张和善的面孔，如同沐浴春风，笑容立即回到嘴角。

　　姑娘，你真漂亮。她扶着我的手臂，站到体重计前，仰头看我，说的是台湾国语，台湾老太太们常常这样礼貌的赞美自己喜欢的人。

　　妈妈，谢谢你，你也好漂亮耶。我一边说着话，一边给她量身高体重和血压，再飞快地把她的资料写进卡片里。在保健中心，我们工作人员常常直呼老妈妈是"妈妈"，这样会更亲切一些。

　　血压比较高，吴妈妈有点紧张。我照顾她吃过了药，答应过半个钟头再为她测量，她松了一口气，临走，双手拉住我，一对有星星光泽的眼睛笑得弯弯的，你是模特儿吗，这么高？吴妈妈不高，只齐我的肩头。

哪儿啊，我是打篮球的。我做了一个投球的动作，老太太开心地拉住我的手拍了拍，哈哈笑出声来。我们算是认识了。

之后查一下她的病历："结肠癌术后"，我心里一紧，这可是个不好对付的病啊。

因为长得漂亮，每次来保健中心又总是穿得像出席Party一样正式，还化上淡淡的妆容，我们工作人员背地里都称呼她的名字——彩云，去掉姓，像称呼一个年轻姑娘。

彩云每次来保健中心，总给我手里塞几粒糖果，或者家里树上结的枣子，枇杷，或是几只柠檬，把我当成一个小朋友。

过节时，保健中心的老人家为节日聚会排练节目，彩云跟不上那些60岁，70岁的年轻老太太们快节奏舞蹈，就笑笑嘻的站在旁边看。节目安排员艾米小姐看她兴趣盎然，问她能不能表演节目，彩云羞涩的说，自己正在学习日本舞蹈，如果可以的话，她愿意跳一个日本扇舞。

让人想不到的是，彩云的日本扇舞竟比年轻的老太太们的动舞更受欢迎。她身穿色彩清丽的日本和服，脚踏高跟的日本木屐，手挥一把小巧的日本纸折扇，一圈一圈起伏有致的花白卷发里插了两朵小红花，在舒缓的日本乐曲声中缓缓起舞，一转身，一回头，一翻扇，真真有一种千娇生百媚的风韵。一曲舞罢，掌声如潮。

哇，大姐，你的日本舞是得了老师的真传！主持人包妈妈从话筒里大声称赞彩云。她是这个保健中心公认的能歌善舞者，我们这些工作人员赶紧上前端茶送水，搽汗看座，生怕把她累着了。彩云非常兴奋，不停的向道贺的人点头致谢。这时的她，比吃了什么补药都显得光彩照人。

从此，彩云的舞蹈成了每个节日的保留节目。

与彩云同桌的八位老人都是从台湾来的，大约他们都因为年龄的缘故，接受过日文教育，再加上他们当中有一位日本籍的台湾媳妇，所以，他们的交谈多是日本语。

与他们邻桌的是几位大陆来的老人。其中一位王伯伯说话大嗓门，见彩云桌上的人总是低声说日语，好奇心大发，常常扭过头去要求学说日本话。

王伯伯邻桌有一位台湾来的，会唱京剧的"外省人"蓝伯伯，京戏唱的倍儿棒，据说是得了"马派"真传，现在来到保健中心，有了大量的欣赏者，每天总会亮一嗓子，引起满堂喝彩声。

大嗓门王伯伯学日语学得上了瘾，每天都时不时大着嗓门冒一句两句日本话。京剧迷蓝伯伯一听到大嗓门王伯伯说日本话便邹眉头。终于有一天，在王伯伯大着嗓门说了两句日文的　"早上好——哦哈哟，古大已妈死"，"再见——撒又拿拿"后，京剧迷蓝伯伯呼一下站起来了，指着王伯伯破口大骂，是谁在说日本话！放着好好的中国话不说，去学什么日本话，你以为日本人真对你好吗？你在这里对日本鬼子奴颜婢膝，忘了日本人是怎么杀害我们中国人了！

大嗓门王伯伯惊讶地看着京剧迷蓝伯伯，不知他突然发难为哪桩，问，我学日本话有什么错？京剧迷蓝伯伯提高嗓门，你当然有错，你是中国人吗？你在这个中国人的地盘还敢大着嗓门说日本话，你就是日本人的奴才。

你还学英文呢，你是美国人的奴才？我不过是学着玩儿，有什么错？王伯伯不服气。

老子的父母是被日本人杀害的，老子这辈子最恨的就是日本鬼子。你他妈的奴才像已经很久了，我今天就要教训教训你这个奴才！说时迟那时快，京剧迷蓝伯伯哐当一声举起身旁的靠背椅子向王伯伯砸去。

争吵的声音早已惊动工作人员。还没等蓝伯伯手中的椅子往下落，这两个怒目相对的老人家已经马上被训练有素的工作人员从后面抱住，拖离开一段距离。其他工作人员围成一圈，把其余的老人家们挡在圈外。彩云刚好挡在我身后，她吓得双手蒙眼，身体瑟瑟发抖，我劝了半天她才确信危险消除。京剧迷蓝伯伯被劝进主任办公室，大嗓门王伯伯挣扎着想过去问个明白，被三位漂亮的社工小姐团团围住，轻声细语地劝说。

一个钟头后，后勤工阿鹏击掌为号，通知大家中午饭送到，于是各就各位，准备吃饭了。这时，主任陪同京剧迷蓝伯伯走出主任办公室，来到大嗓门王伯伯的座位前，蓝伯伯竟然伸出手来，露出笑脸，要求握手言和。大嗓门王伯伯惊诧之余也站起来，慢慢露出笑脸，握手接受和解，一场差点见血的武斗，就这样烟消云散，化干戈为玉帛，整个大厅响起一片欢快的掌声。

彩云那一张桌子的说日语的老人们从此说话的声音更低了。那位日本籍老太太凡是要与桌子外的人说话，都尽量说中文，虽然日本腔调很重，但却说得认真。彩云的日语和国语都说得流利，为人又和善，便成了他们的外交大臣，常常把他们带来的糖果糕点，四季水果分送给周围的朋友。当然包括京剧迷蓝伯伯和大嗓门王伯伯。

彩云对我说，他们说日语，是为那位日本籍老太太听起来方便，不是想当奴才。现在谁还怕日本呀。接着她小声问我，以后公司过节日她还能跳日本舞吗？

当然可以。老板说了，我们这里只讲保健身体，不讲政治，你跳舞是娱乐大家，大家也欢迎你，你放心好了。

彩云笑了，又问，蓝先生怎么一下子就想通了呢？

我说，我也不清楚，不过，按政府规定，凡是在保健中心发生伤害事件的责任人，都会被请出中心，永远不能进来。老年人把这里当作自己的家，进不了家，看不到老朋友，多难过呀，谁愿意为了一句不对心思的话离开这个快乐之家呢。

彩云直点头，说，是呀，你看，那边桌的解放军张先生和国军江先生不也是好朋友吗，他们还在一个战役上打了仗，你知道吗？是对头哟，以前说的，是死对头哎，现在也互相帮着留午饭呢。

是啊，解放军张先生喜欢到别桌下棋，国军江先生喜欢坐在自己的桌子看报纸，遇到发中午饭时，张先生的棋盘没有收尾，江先生就为他向工作人员要一盒饭，两位老将军从来不为过去的战事争吵，不了解情况的人听他们讲从前的战场经历，还以为他们是战友呢。

后来，听包妈妈说，彩云为了能在下一次Party为大家献上一出新的舞蹈，每个星期都去舞蹈老师那里学习。她们佩服彩云学舞的劲头。

彩云每一次来保健中心时，总会为自己这一桌人带来一束鲜花，一群八十岁，九十岁的老人围绕着一瓶五颜六色，娇艳欲滴的鲜花，顿时让人觉得她们年轻了十岁，脸上的光泽也红润了许多，花香伴随着她们的笑语散发向大厅，人们经过她们的圆桌，就像经过一群有美女，有鲜花盛开的花园。

活动员艾米小姐悄悄告诉我，她帮彩云的舞蹈配音乐时，闻到了她身上有一股怪味，让我找机会查看一下。我询问护士长，彩云的病情是否有变化，护士长点头，她的肠癌已经恶化，现在靠腰部的人工肛门排便。

我看着她们那一桌亲如一家的老朋友暗暗为彩云难过。

鲜花，笑声，她们知道彩云的病情吗？

知道，侦察过情况的艾米告诉我，日本老太太常常陪同彩云去洗手间更换绑在腰间的纱布，她曾经在日本和台湾做过护理工作。

中秋节Party终于开始，那一天我帮艾米为老人家们化妆，忙得无法分身，我一直用眼睛搜索着彩云，不知她是否需要我帮忙什么。等到蓝伯伯唱完了京剧"甘露寺"的一段戏文，拱手走下台时，我看到了彩云聘聘袅袅的从穿衣间走出来，和服已经穿好了，头花也戴好了，脸上的妆容比以前浓一点，手里拿着一条长长的有波浪花纹的布条，经过刚下台的蓝伯伯身边时，彩云深深鞠了一躬，蓝伯伯也双手合十向彩云回礼。咦，彩云怎么没有穿木屐，只有一双布料缝制的袜子套在双脚上？我迎上前去，拉住彩云的手，指了指她的脚，彩云像个小孩子一样笑眯了眼，我今天跳的这个舞是老师新教的，说的是海上打渔的人不怕风浪，终于打回很多鱼，所以不穿木屐。哦，原来是这样。但是水门汀的地面到底是冰凉的啊，老太太又重病在身，这是何苦来。

全体工作人员都出来到大厅里，聚精会神地看着舞台上的彩云。如果按规定，我们可以要求她不要再上台表演，但是彩云向艾米小姐求告，让我表演最后一次吧，中秋节Party之后我就要去医院化疗了，恐怕以后再也表演不成了，让我再跳一次吧。艾米同意了，工作人员也都默许，包括一向善解老人意的老板。我们都紧张地做好了急救准备，以防不测。

音乐缓缓响起，彩云举着象征海浪的布幅慢慢飘入舞台。小船在波浪中起伏，旋转，鱼群在网中跳舞，渔人在丰收的喜悦中舞蹈，歌唱。彩云把这些情景表现得栩栩如生，如同一幅活的画卷。当彩云旋转停止在一段快节奏的音乐声后，我们几位护士鼓掌跑向她，生怕她头晕摔倒在最后一刻。我扶着彩云走下台，手臂能感觉出她的身体微微颤抖摇晃。在换衣间里帮她脱下和服时，我看到了她腰间纱布渗出的液体掺和着红色的血液。我问是否可以帮忙她换纱布，可是彩云不想自己的伤口被人看见，笑着说，不要了不要了，我自己可以做的。急急的到洗手间去换纱布了。她不多说，我也不多问，我们都心照不宣。

中秋节Party后，彩云没有再来保健中心。她常坐的那一桌的花瓶里仍然盛开着一束五颜六色，按照日式插花插出的花束，只是往日的鲜花变成了绢绸和塑料做的花。日本老太太告诉我，这些花是彩云中秋节Party时带来的，她喜欢漂亮，想把漂亮留得长久一些。

两个星期后，包妈妈带来一个消息，彩云把保健中心Party表演的照片带给她的舞蹈老师和学舞的同学们看，大家都鼓掌祝贺她表演成功，可她在舞蹈社练舞时晕倒了，被急诊送进了医院。

不久我们听到彩云因癌症晚期不治去世的消息。

再不久，日本老太太的腿疾加重，不能再来保健中心。原本熙熙攘攘的一桌说日语，台语和国语的朋友圈，顿觉少了几分热气，但是那一瓶塑料绢绸花始终鲜艳夺目的昂立在大圆桌的中央，仿佛是彩云星星般的双眼笑嘻嘻地看着老朋友们。

一天又一天，一月又一月，三年过去了，这一桌的老人走的走，换的换，桌子中央的花束也慢慢老化，暗淡。不知哪一天，我再去那一桌看病人时，猛然发现那束花不见了。圆桌中央摆放着一大盘新鲜的水果和糕点，说台语和日语的老人换成了说各种方言的老人。

又到了一年的中秋节。

喜欢唱京剧的蓝伯伯因为严重的抑郁症进了医院。

大嗓门王伯伯常常大声说几句英文或者日文后，会亮开嗓门唱一段京剧，他也会唱马派的名剧"甘露寺"，"劝千岁杀字休出口，老臣与呀主说从头……。"唱腔阴柔连绵，人们不禁又想起蓝伯伯当年摇头晃脑唱戏的模样。王伯伯的那张圆桌上总摆放着一瓶五颜六色，鲜艳欲滴的鲜花，就像当年彩云醉心于日本舞蹈时常常带来的那些美丽的插花花束。

包妈妈和一群喜欢跳舞的妈妈们排练了一段日本群舞，自制的和服宽宽大大，不禁使人们想起彩云清丽雅致的舞服和那一把做工精细的纸扇。

"小董" 妈妈的女人味

"小董"是保健中心里那些八十多岁九十岁的妈妈伯伯们对七十三岁的董妈妈的昵称。

我第一次听到有人直呼董妈妈"小董"时，笑容立刻拉开了嘴角：可不是吗，董妈妈走路一阵风，笑声嘎嘣脆，说起话来眉飞色舞，甚至手舞足蹈，没有一点七十岁老人的城府，她不"小"，谁还能在这里称"小"？

与她相熟了，有一天，她打麻将入了迷，忘记来量血压，我寻到麻将桌前，叫她一声，小董，现在可以量血压吗？她回头一看是我，撅着嘴给我一巴掌，你怎么叫我小董，你比我儿子还小。

我要不叫你，只怕你还不愿休息呢，看看，你的脸通红，血压一定高了，别太累了哈。

小董这才认真看着正在给她量血压的血压计，看到血压冲到170，她才不得不服地离开麻将桌。

小董年轻时应该是个美人：浓眉，大眼，高鼻梁，梳理得服服帖帖的短发即使花白了，也茂密有光泽。

听说小董的丈夫是解放军的一位司令员，不过十年前去世了。我问小董，你走路昂首挺胸，像是军人操练，她们都说你是司令员夫人，你是吗？小董看看四周，小声嘱咐我，你可别乱说，什么夫人，我是当过兵不假，没有打过仗，在军校里教学生。

哦，怪不得，小董永远都是一副军人身板，即使因为风湿病和糖尿病，腿痛得抬不起来，走路也尽量保持着操练时的姿态，习惯成自然了吧。

大概是当兵出身的缘故，小董为人处事特别直爽。打麻将，要找牌风诚实的老搭档，如果发现谁悔牌或者偷换牌，她会当场起身走人。节日Party表演，她的身材高挑笔直，被活动员艾米小姐动员上台跳舞，她说自己不是跳舞的料，只答应穿着旗袍上台走一圈。无论艾米小姐怎样训练，如何开导，她脸上的表情始终像是在操场训练，严肃专一，只有偶尔做错了动作，她偷偷一笑时，才显出了美女本色。

一天午饭后，我因感冒了头痛，请同事给我按摩一下头颈部。小董看见了，过来接手按摩，按了几下，叫我抬起头来，拍拍我的后颈，啪啪啪就开始在后颈部揪开了痧。

啊呀好痛！小董，你干什么，疼啊！我痛得惊叫。

你看看你看看，才几下，紫豆子就出来了，你的痧太重，不揪出来，头痛怎么会好？小董一边说，一边用手沾点水，继续狠劲的揪。

哎呦，董妈妈，轻一点轻一点。我开始讨饶。

你知道刮痧治病吧？小董并不住手。知道知道，轻一点轻一点，痛啊董奶奶。我直告饶。

你有那么多痧不揪出来，怎么不头痛？我这个和刮痧是一样的效果。

我的后脖颈不一会儿就被小董揪出三条又黑又长的紫疙瘩。

好了，揪出来了，感觉好点吗？小董关心地歪头看着我的脸，满眼的慈爱关怀。我摇晃了一下头，不痛了，哈，真有效耶。

小董高兴得一双大眼紧盯着我：揪的时候有点痛，揪出来就好了。我算是见识了小董雷厉风行，直来直去的军人风格。

有一段时间，小董的血压不稳定，我问她，是身体不舒服，还是忘记吃药。她叹一口气，说，儿子在老远的山头上买了一栋大房子，准备要搬家，她成天帮着整理东西，累的。

买了大房子，好事呀，恭喜你要住新房子了，只是别太累着。我一边恭喜，一边观察小董，这么高兴的事儿，怎么愁容满面。

我不想去，住到那么高的山上，我怎么下山呀，走到有公车的地方要40分钟，不把我憋死呀。不去不去！小董把头摇的像拨浪鼓。

那，你愿去哪儿？我住老人公寓。小董小声对我说，脸上露出神秘的笑容。

老人公寓也要申请了以后等三年呢。告诉你，我的申请批准了！小董像是做了捣蛋事的小孩子，一拍巴掌，泄露了心中的秘密。

小董对儿子采取封锁消息的办法，悄悄把自己的东西整理在几个箱子里，等到最后时刻，才向儿子宣布，她要搬到老人公寓去，脱离儿子的豪宅生活。儿子顿时傻了眼，死活不让，硬是把小董的行李搬到新豪宅，指着楼下的大客房说，整个楼下都是你的地盘，比老人公寓强吧。我们开餐馆，没有小孩子，家里不用你做饭带孩子。到山上买这个大房子，就是希望你住得宽一点，空气新鲜一点。

小董说，我住在这里像是关在监狱，走不出去，没有朋友，想逛街都要走40分钟路才有公车，我不要这种生活。

儿子才知道，自己煞费苦心买来给妈妈晚年享福的的豪宅，在母亲眼里不如又小又窄的老人公寓。

小董终于如愿搬到了老人公寓。整理好新家的第二天，她的高血压就开始下降，很快恢复到正常水平，只是经过这场对抗战，她的身形瘦了一些，脸色也黑了一些。

小董是从娃娃兵开始就生活在军队里。现在来到美国，猛一下与台湾人，香港人同处一室，开始感到别扭了，尤其是看到台湾人说话小心客气，绕半天她都听不明白对方的本意时，小董就想发脾气，她悄悄对我说，绕来绕去的，为什么不直接点，让我猜半天。

巧的是，小董吃饭时坐在一起的同桌病友，新来了一位台湾妈妈，是个会画画儿的漂亮老太太，姓冉，从台湾到美国，从丈夫到儿女，除了她以外，家人都是在银行工作，算是银行世家。冉妈妈话音轻柔，衣着讲究，大大圆圆的双眼就是老了也没失去往日的风韵，特别是笑起来，嘴角两边的两只酒窝，老让人猜测她年轻时的模样。

说话大嗓门的小董遇到这位明显与自己性格相反，同样漂亮而且优雅的台湾老太太，说着说着话，需要注意把越来越大的嗓门压低一点，这让小董好长一段时间觉得不得劲。

为了这份不得劲，小董悄悄来对我说，不喜欢这个资本家太太，看不惯她娇生惯养的小模样儿，能不能想办法帮她换一个座位，离冉妈妈远一点。她认真地瞪着一双大眼期待地看着我的样子逗得我想笑都不敢出声。

我帮她分析，你看哈，你们都是同一天来，又坐同一辆车。周围的桌子都坐满了，她们都是同一个时间来的，你要是换了座位，换不换时间呢？要是换时间，别人愿意和你对换时间吗？还有换不换车的班次呢？你这样会给别人带来许多不方便，公司安排车辆班次的何小姐也会很伤脑筋的。你就歇歇气吧，董妈妈。小董只好叹一口气。

转机发生在冉妈妈低血糖发作那一天。已经九点过了，冉妈妈起床晚了一点，赶上乘坐的第二辆车才到达保健中心，为了空腹量血糖，没吃早饭，等量完血糖坐回自己的坐位上，开始眼睛发呆，脸色变苍白，双手微微颤抖。保健中心提供的稀粥和豆浆这时已经发完，只有面包蛋糕这些干粮。小董是个老糖尿病患者，对于低血糖发作有经验，一看她不好受的样子，像是低血糖发作，急忙找来护士，护士立刻取出加糖的橘子水让冉妈妈喝下，等冉妈妈缓过来，拉着小董的手，颤抖着声音说，谢谢救命恩人时，小董的眼圈红了，这算什么呢，谁看到都会帮忙叫护士啊。

打那以后，只要冉妈妈早上有事乘第二趟车来晚了，小董一定会为她预留一份稀粥和豆浆。冉妈妈也会为爱打麻将的小董预留一份午饭，怕她打麻将下台迟到了，拿不到刚送来的热饭菜。

现在，会画画儿的台湾冉妈妈只要与小董说话，也会把音量放大一点，以便自己和小董齐头并进，不让小董感觉不自而在压低音量，她还送给小董一幅自己画的松、竹、梅国画，小董也会留意讲话时音量尽量柔和一些，猛一不留神冒出来大声音，也会伸伸舌头表示歉意。

春节联欢会时，小董和冉妈妈都被邀请进了时装旗袍秀的表演。会画画儿的冉妈妈走路时，斯斯文文蛮有大家闺秀的旗袍范儿，可是，她这一辈子都是在家里相夫教子，虽然举止优雅，在这样一百多人的大型场合表演，还是第一次，一紧张，就会走成同手同脚，不知道如何换脚步。小董是军校教官出身，走正步是她的专长。为了纠正会画画儿的台湾冉妈妈的同手同脚毛病，小董没少费劲，天天与冉妈妈一起练习走路。

小董，可以带着我练习台步吗？

当然可以。小董带着冉妈妈走了一趟就知道她的毛病在哪儿了。

左右左，左左右左，你心里念着，脚上跟着，几步就跟上了，别紧张。小董一本正经地教学生，绷着脸像军校教官一样。

几趟下来，冉妈妈满头大汗地要求歇一歇，小董，你笑笑，你笑笑，你笑起来好看，我就不紧张了。看到冉妈妈的眼睛里充满诚挚的央求，小董一下子就放开了紧绷着的神经，欣疚的笑容布满一脸。

在一旁看了一阵子的艾米小姐这时找来两条长裙让小董和冉妈妈换上，让她们找找旗袍摆动的感觉。然后指着冉妈妈对小董说，董妈妈，你看看冉妈妈的裙子摆动，轻轻向前顶一下就好看，你的动作幅度大了，裙子晃动太大就不好看。小董不好意思地看看自己的裙子，再看看冉妈妈的裙子，摆动幅度确实不同啊。

她们俩，一个练习左右左，一个练习小步走着顶动裙摆，脸上都带着谦和的笑容，终于，走得一致了，旁边有人鼓掌了。

冉妈妈向小董鞠躬道谢，谢谢老师！谢谢老师！

小董也忙不迭地向冉妈妈鞠躬，我还要谢谢你呢，不然，这身旗袍哪里是旗袍呀？简直就是，就是……小董一时语塞，找不到合适的形容词。

战袍？冉妈妈竖起一只手指按在嘴上，笑嘻嘻地接了一句。

哈哈，对对，战袍！小董一拍巴掌，放声笑出来，冉妈妈也笑得前仰后合，一直在一旁观战的艾米小姐跳过去一把抱住两位妈妈，三个人笑作一团。

联欢会的前一天，冉妈妈终于稳稳地走对了脚步，小董的台步也变得有旗袍范儿了，两人的脸上都挂着自信的笑容，在优雅的旗袍衬托下，宛若大家闺秀。

对于小董和冉妈妈这种进步，从马来西亚来的喜欢玩照相机摄像机的郑伯伯，为她们的表演留下了特写镜头。等到节日过后看表演的录像时，全保健中心的老人们又像是再过一次节日，兴奋度不比演出时低。

冉妈妈趁着高兴劲儿对小董说，大陆开放几年后，我随儿子回上海看望亲人。我们走之前做了好久的心理准备，怕回去吃不饱，怕说错了话连累亲人，结果回去一看，完全不是那么回事儿。冉妈妈的国语，不知不觉中将"儿"音强化了。

小董一拍巴掌，说，我们也是呀，总觉得台湾人民生活在水深火热之中，结果，也不是那么回事儿。

冉妈妈和小董开怀大笑，帮忙录像的马来西亚郑伯伯和郑妈妈，同桌的香港来的谭伯伯谭妈妈也跟着哈哈笑起来。

小董再也不要求换座位了。她走路说话的范儿也使她本来就漂亮的脸庞更有女人味了。

妈妈的饺子 一生的美味

我特别喜欢吃饺子。因为从懂事起，每逢过年过节吃到的最隆重、最豪华的家宴就是饺子了———妈妈的饺子。

妈妈的饺子除了美味之外，还留存着记忆中的一种温暖、一种亲情、一种思念、一种割舍不掉的牵挂……

我们家的孩子必须学会包饺子，从和面、擀皮、包饺子、煮饺子……每人都被训练成包饺子的能手。一家人聚在一起有说有笑地包饺子、吃饺子，就是我们家最快乐的节日时光。

来美国近二十年，吃遍了各国美食，我还是在朋友圈里念叨，好吃不过饺子。会包饺子的朋友们在一起常常变着花样地包出各种各样馅的饺子，一边品尝自家的绝活儿，一边回忆着童年的往事。

我和小弟的手艺继承了爸爸的风格，饺子小个儿，两手一捏，有棱有角，从大案板的这一头扔到另一头也不会破。大妹妹和小妹妹继承了妈妈的风格，饺子圆润饱满，褶子排列整齐，一盘装满，透着一个端庄秀丽。训练我们包饺子最有耐心的就是妈妈，而最香的饺子馅也是妈妈调制的。

白菜猪肉馅、韭菜猪肉馅、鸡蛋粉条韭菜馅，还有、还有用我们从荒坡上挖来的野菜调制成的、带有一丝苦涩味道的饺子馅。

往事不堪回首……

文革第一年，我们家的饺子宴突然消失了。对我们家的饺子赞不绝口的老校长郑伯伯被关在山顶招待所里写交代，不到一个星期就自杀身亡。我和大妹妹赶到山顶招待所，被那满屋子的鲜血惊呆了，这是我第一次看到这么多鲜血，闻到强烈的血液味，我觉得自己几乎要停止心跳。下山的小路是工作组送郑伯伯到医院抢救的必经之路，我和妹妹一滴一滴地数着郑伯伯的血迹，不敢说话，也不敢哭。

这条小路在暑假时，曾经是郑伯伯带领我们十几个小孩子到山下的游泳池去练习游泳的必经之路，小路两旁开满了各色小野花，在阳光照耀下，我们蹦蹦跳跳跑前跑后，忙着采野花，忙着叽叽喳喳地说话，忙着唱新学的歌，一路上撒下多少欢歌笑语啊。如今，这条小路却成了死亡之路。郑伯伯再也不会吃我们家的饺子了。

不久，爸爸也被造反派抓到山顶招待所关押写检查，我们全家顿时紧张起来。山顶招待所几乎成了死亡的代名词。从爸爸被关押的第一天起，妈妈就每天围着小山包转，高声呼喊爸爸的名字，还加上一句"我们是响当当的贫下中农出身，你们不可以这样对待我们。"在那个动辄讲出身的时代，父母亲的出身成分竟成了他们最大的保护伞，造反派拿这个没有一官半职，出身好还不信邪的女人一点办法也没有，只好将爸爸放回家来。

在那样委屈，艰难的年代里，妈妈成了全家的主心骨。我从没见她叹过气，也没见她流过泪。我常常听她对爸爸说：大不了到农村种地去，没什么了不起。

文革第二年，爸爸经历了无数次造反派的批斗，辱骂，殴打，沉重的精神压力下，原有的肝病迅速转为肝癌。爸爸知道自己日子已经不多，挨个拉着我们几个儿女的手，嘱咐我们要听妈妈和奶奶的话。不久，他顶着走资派的黑帽子含冤离世……

因为爸爸是走资派，我们家被造反派连抄带偷，洗劫八次，我织了一半的毛线衣和毛线袜子也不翼而飞，家里顿时一贫如洗。奶奶在72岁高龄时失去独生儿子，白发人送黑发人，悲痛欲绝，每天以泪洗面。

妈妈一个人要养四个孩子和年迈的奶奶，微薄的工资难以养家糊口，连寅吃卯粮的可能性都没有。家中仅有的几个值钱的古董花瓶陆续被送到信托商店。记得最漂亮的那个大花瓶卖了一个好价钱：二十元人民币。

妈妈为了让一家人过年吃上饺子，带着我们几个姐妹到荒坡上挖野菜，回到家，妈妈教我们把野菜洗干净，放在开水里烫一下，去除苦涩味，再捞出来切碎。大妹妹和小弟天不亮就去肉店排队买回的半斤猪肉被剁得细碎碎，奶奶找出珍藏在米缸深处的一小包芝麻交给妈妈调饺子馅，等到全家坐在一起开始包饺子时，满屋都是芝麻和野菜的香味。小弟和小妹缠着奶奶要学怎样捏小包子。饺子煮好了，爸爸式的有棱角的小个儿饺子，妈妈式的圆润褶子饺子，奶奶式的咕嘟嘟的小包子装满几个圆盘。饺子煮好了，我们姐弟几个盯着冒热气的饺子，满脸满眼都在放光，只等妈妈一声：吃吧，别凉了，野菜饺子的肉香和芝麻香味顿时飘满一屋，家里又出现了笑声。奶奶悄悄擦去眼泪，把妈妈拉到厨房，对她说：难为你了，一大家子现在全靠你了。妈妈一直忍着的眼泪流了下来，她拉着奶奶的手说：娘，你别担心，你没有了儿子，还有我这个儿媳妇，我养你。

那是我们第一次吃野菜饺子，也是我一生中吃到的最鲜美的饺子，至今还齿颊留香，念念不忘。每每回想起妈妈与奶奶相对流泪的情景，我的眼泪就会夺眶而出，那是我们家最穷困最受欺负的日子，是亲情，是饺子，把我们全家紧紧的包在了一起。

文革结束后，我们家不仅过年可以吃到饺子，平时妈妈遇到高兴的事儿，都会包出一盘盘美味可口的饺子。这时的饺子馅儿就花样百出了。海鲜的、洋葱牛肉的、南瓜鸡肉的……一咬一口鲜汤汁，夹在筷子尖上，闪闪有光，皮薄不破。妈妈花样翻新的饺子成了邻里模仿的样板，也是她送给朋友或者邻居的最暖心最受欢迎的美食。那时，无论是我们几个姐弟下乡当知青，还是回城上大学，妈妈总会用饺子为我们迎来送往，她说：迎客饺子送行面，你们喜欢吃，我就包吧。

出国八年后，我第一次回国，早早地就打电话对母亲说，最想吃妈妈的饺子。半夜下飞机，一进家门，妈妈就手脚麻利地从厨房里端出一碗热腾腾的饺子让我解馋。我对妈妈说，在美国吃了许多其它国家的美食，还是您的饺子好吃，妈妈听完，笑的两眼合成一条缝。从此，无论我回中国，还是从中国回美国，妈妈都包一顿饺子给我垫底。

今年，我在经历了美国经济危机，失业，家庭变故和身体疾病的六年折磨后，终于有机会回国看望86岁高龄的妈妈，一进家门，看到妈妈不像往年似的来门口迎我，只是坐在沙发里，用两臂撑了一下才站起来，向我伸开双臂说：回来啦？我才发现，妈妈走路已经不利落，身量也变得矮小了。我鼻子一酸，抢前一步，紧紧搂住妈妈，眼泪忍不住落了下来。妈妈老了。她年轻时走路可是风风火火，上台演文明戏她是主角。记得文革前一年春节，我们几家人聚在老校长郑伯伯家里吃年夜饭，郑伯伯建议每人唱一段歌。郑伯伯的广东歌，我们都听不懂，郑伯伯的老伴儿吴阿姨用普通话给翻译过来再唱一遍，原来歌词是逗笑的，吴阿姨一边唱一边咯咯地笑，整个大厅里充满笑声。妈妈也唱了一段山东小曲，轻盈跳跃，我才知道自己的妈妈有这么动听的嗓音，记得郑伯伯还对妈妈说，你如果生在上海，应该去学音乐。

妈妈看我落泪，蹒跚地走进厨房，慢慢揭开大蒸锅的盖子，从锅里端出一碗冒着热气的饺子放到饭桌上。往年韧劲十足的手擀饺子皮，变成了机器制造。妈妈抱歉地说：擀饺子皮太麻烦，就用超市买的机器面皮了，我平时也吃这种机器皮儿，省事儿。好吃吗？看到妈妈征询的眼光，我直点头：好吃好吃，我回来就是想吃您的饺子。妈妈问：你走时还吃饺子吗？我直点头：吃，我来擀饺子皮，您场外指导。

临走那天，我一早和面，擀饺子皮儿，包馅，煮饺子，与妈妈一起吃了一顿热气腾腾，白白胖胖的三鲜饺子。妈妈一边吃，一边笑嘻嘻的说：是这个味道，手擀的皮儿是好吃一些，下次你回来，我还是用手擀皮儿给你包饺子吧。我忍住泪水说：我来包，你等着我回来再包饺子。

我又对妈妈说：我不能在您身边照顾您，想给您把厨房和洗手间装修一下，您用起来也方便。妈妈搽一搽开始昏花的双眼，平静地笑笑说：不用了，我习惯了。这些锅碗瓢盆许多都是你爸爸和奶奶留下的，用着是个念想，我这样挺好，你别担心。

从不对我提任何要求的妈妈接着说：常回来看看吧。我不想去美国，你有空就常回来看看吧，啊？

飞回美国的飞机上，我一直寡言少语。身边的丈夫问：午餐时间了，你想吃什么？

"饺子，妈妈的饺子！"丈夫把我紧紧地拥在怀里，他知道，我在国外生活近二十年，最想念的就是家乡的亲人和妈妈的饺子。

从古镇开往大都会的新路

重庆，一个让我魂牵梦萦的字眼，一个充满美好记忆的地方，那是我的故乡，我在那里上学，有许多儿时的伙伴，我在嘉陵江边学会了游泳，成为渡江游泳队的小运动员，我在那里成为一个医生，每天奔波在与病魔争斗的生死场中，我的整个前半生都和这个有传奇色彩的城市紧密相连。

出国八年后第一次回国，记得那是2004年，坐在回家的车上，我完全不认识回家的路了。虽然已经是半夜12点，沿路却是灯火通明，到处都在施工建设，小妹小弟一路介绍我们路过的地名，我竟一点都认不出来。

第二天我去儿时常常游玩的古镇磁器口，那是沙坪坝最热闹的江边小镇，留下我儿时美好回忆的地方。据史书记载，这个青石板铺路的小镇已经有1800年历史，曾经是"白日里千人拱手，入夜后万盏明灯"的繁华港口，在民国时期，就有小重庆之称。解放后，人头攒动的码头景象早已不再，可是，贩夫走卒创造的小零嘴，却对我们这些小孩子有极大诱惑：甜蜜蜜的白糖糕，脆香满口的椒盐花生，是我们每一次去磁器口玩耍时偏爱的美食，如果有大孩子带领，还可以吃到汤汁红亮，麻辣鲜香的毛血旺。

嘉陵江在这里遇到大片平坦的河床，湍急的河水顿时流速缓慢，弯弯地绕过磁器口，给码头留出一片宽阔的沙滩。阳光明媚的春天，我们带着自己手工课制作的风筝去磁器口河滩放风筝，女孩子们穿着鲜艳的花衬衣，扎着两条油亮亮的小辫子，抬头仰望谁的风筝漂亮，男孩子干脆脱下鞋子，光脚在沙滩上疯跑着追随飞高了的风筝。住惯了山城的孩子来到这样一片天高地阔，水天一色的河滩码头，怎能不尽情撒欢？懂事的女孩子会在回家时为妈妈带回一包有各种口味的"陈麻花"，这"陈麻花"不仅是家里一个星期的零食，有时还会被妈妈们放几根在面汤里。油酥过的麻花漂浮在面汤上，又香又软，给少肉的年月带来多少味蕾的享受。

现在，磁器口成了古迹保护点，空旷多时的码头，又出现人头躜动的热闹，各地游客纷纷来到这个小镇，从古老的吊脚楼，传统的美食中寻找明清年代留下的痕迹。

隔天，小妹带我从沙坪坝开车去市中心区，我们少年时代多次下水横渡嘉陵江的宽阔沙滩旁，赫然开通出一条新筑的沿江公路，小轿车在这条笔直宽阔的滨江路上开得风驰电掣，好像行驶在美国的高速公路上。不过三十分钟，车就到达市中心区。

小妹笑盈盈地告诉我，这条沿江公路，是沙坪坝区的人大代表们建议修建的，小妹也是建议者中的一个。在中央决定西部大开发的大好形势下，修筑出的第一段沙坪坝至市中区的滨江公路。现在，我们正飞驰在这条新建的滨江路上，满眼都是嘉陵江碧绿清澈的江水，呼吸着从江面传来的清冽洁净的空气，飞跑的感觉真好。

记得从沙坪坝到市中区的旧马路，是沿着嘉陵江陡峭的山边劈出的一条石子公路，夏天开车尘土飞扬，四面漏风的车窗挡不住外面的肮脏空气，乘客不仅挤得满身是汗，满肺泡里吸进的也都是灰尘和汽油恶臭，遇到夏季暴雨冲刷，陡峭的山壁还会滑坡，堵塞公路。冬天开车坑洼不平，泥水四溅，有一次我抱着年幼的女儿在乘客不多的时候坐车，竟被颠簸得从座位跌落到地板上，女儿见我在颠簸中的车地板上站不起来，吓得大哭，一边哭一边叫，司机叔叔停车，司机叔叔停车。好心的司机慢慢将车停靠路边，回头观望，售票员走过来拉起了我，司机大声招呼我们，坐到前面去，前面不抖，我们母女俩总算安全到站。那时的司机和售票员虽然辛苦，但是对乘客却是很有同情心的。

重庆是有名的雾都，遇到大雾季节，清晨太阳出来前，嘉陵江升腾起来的白雾笼罩着两岸，靠崖壁蛇行的公路上更是浓雾弥漫，驾驶员只能看出三米远，卡车是不敢上路了，但是人们还需要上班呐，挤得满满一车人的公共汽车，全靠售票员探出半边身体，大声吆喝着，使劲敲打车身发出响声，提醒行人让路，有时候还有热心的乘客在另外一边伸出身体，像售票员一样吆喝着拍打车身，提醒行人，司机则开亮全部车灯，壮着胆子一点一点往前挪动着前行。

我每天从沙坪坝去市中区上班，转两次车，耗时两个小时，遇到下雨天，整个鞋子，裤腿都是泥浆，到医院后需要再换干净的裤子和鞋袜上班。一年四季，上班下班的路上从没有见到过太阳，真的是披星戴月。那时常想，如果嘉陵江是一条公路就好了，又宽又平，不受坑坑洼洼的颠簸，不怕雾大路难行，一条大路连接古镇磁器口和解放碑，多好。哎，可惜那时只能梦想。

小妹指着刚驶过的路口，你还记得那个地方吗？当年渡江的起点？我连连点头，记得，当然记得。

1965年，重庆组织了一次横渡嘉陵江活动，有两年游泳经验的小妹和我在父亲的鼓励下，随着游泳队的大哥哥大姐姐们报名参加了。

嘉陵江，这条时而湍急如猛兽，时而平静如淑女的河流，成为第一次渡江队的首选。那时小妹才九岁，我刚进初中，是当时最小的渡江运动员，虽说是初生牛犊不怕虎，但是小妹毕竟太瘦小，游着游着就被急流冲得跟不上大队伍。突然江面上漂浮来一大块上游造纸厂排放到江里的白色泡沫，小妹躲不及，一抬头换气，就被白色泡沫罩住了头。我在旁边看见，伸手去抓她，说时迟，那时快，后面扑过来一个蝶泳健将，一把抱住小妹，抓掉她头上的泡沫，那人还大声说，抓住我的肩膀，不要害怕。小妹抓住了蝶泳健将，张大口呼吸了几下，睁眼看清了追过来的大哥哥大姐姐们。蝶泳健将是平日里训练我们的大学生哥哥，我们都称呼他是"浪里白条"，水性好得很，有他保驾，慌乱马上被镇住，小妹随着他的口令，踩了几下水，深深地吸了一口气，又埋头向前游去。一场惊险过去，大运动员们将我们团团围住，在整个横渡过程中，随时提醒我们，绕开水下暗流，让过飘来的泡沫，就这样，我们跟随渡江大军顺利抵达江北岸。

如今，当年两个最小的渡江者，正满心欢喜地飞驰在滨江路上。它就是我梦想中像嘉陵江一样又宽又平没有弯路的新公路呀。

路的那一头是市中区，解放碑，我小的时候，一年才能有机会来玩一次的繁华大都会。儿时记忆中的解放碑是高耸入云的，父亲告诉我这是纪念抗战时期重庆人民不屈精神的纪念碑，最初的名字叫"精神堡垒"。如今的解放碑在高高耸立的现代化新楼的簇拥下，变得那么矮小，我曾经去过无数次的冠生园已经被商厦代替，曾经因演出抗战话剧闻名的国泰剧场，已经变成一座豪华新剧院，以前只有一层铺面的新华书店已经是拥有四层营业厅的高楼。当年的"精神堡垒"解放碑，现在依然是重庆市民除夕夜辞旧迎新的心脏地带，四通八达的道路就像一条条血管，源源不断地将活力输送到心脏。

去国二十年后再回重庆，重庆道路建设的飞速变化，让我这半个外乡人惊叹。真是万象更新啊。那年我和小妹飞车奔驰过的沿江新公路延长了，连接着嘉陵江两岸崭新的新公路。重庆的轻轨列车像一条蛟龙，在这个地形复杂的山城，剖开山崖，飞跨深谷，甚至穿越楼房。曾经是重庆天然障碍的长江和嘉陵江上，像变魔术一样，架起了十几座桥梁，天堑变通途。重庆变成了"山里有城，城中有江，江上有桥"的现代大都市。

无论是古镇磁器口，还是现代化都市心脏的解放碑，变了，变得越来越朝气蓬勃，越来越摩登，有些地方如同旧金山最繁华的商业金融街。可是不管它们怎样变，那骨子里依然保持着属于它的独特的古朴与风华，与街头的麻辣美食，辣妹子时尚，以及重庆崽儿的豪爽，一起成为这个城市的标志。

位于嘉陵江上游的古镇磁器口，正微笑地注视着这座大步追逐属于它的光荣与梦想的山城。

重庆，我生长的地方，无论我走到哪里，你都是我魂牵梦萦的故乡。